Diogenes Taschenbuch 22807

de
te
be

Georges Simenon

Der Mann auf der Straße

und andere Maigret-Geschichten

Deutsch von Linde Birk und Elfriede Riegler

Diogenes

Die Titelgeschichte wurde dem Band
›Maigret-Geschichten‹ entnommen,
der 1980 im Diogenes Verlag erschienen ist.
Die drei übrigen Erzählungen stammen
aus dem Band ›Sechs neue Fälle für Maigret‹,
veröffentlicht 1985 im Diogenes Verlag.

Umschlagzeichnung von Hans Höfliger

80/95/36/1
ISBN 3 257 22807 4

Inhalt

Der Mann auf der Straße

Die vier Männer saßen dicht aneinandergedrängt im Taxi. Es war eiskalt in Paris, und in dem fahlen Licht früh um halb acht trieb der Wind eisigen Staub über den Boden.

Dem Magersten von ihnen, der auf dem Notsitz saß, klebte eine Zigarette an der Unterlippe, seine Hände waren gefesselt. Der Korpulenteste, einer mit kräftigen Kinnbacken, trug einen Wintermantel und hatte eine Melone auf; er rauchte Pfeife, während er auf die vor seinen Augen vorüberziehenden Gitterzäune des Bois de Boulogne hinaussah.

»Soll ich Ihnen vielleicht eine schöne Nummer hinlegen?« fragte der Mann mit den Handschellen freundlich. »Mich auf dem Boden winden, um mich schlagen, schimpfen und fluchen?«

»Spiel dich bloß nicht zu sehr auf!« brummte Maigret, nahm ihm die Zigarette aus dem Mund und stieß die Wagentür auf. Sie waren an der Porte de Bagatelle angekommen.

Die Wege im Bois waren menschenleer, weiß und hart wie Quadersteine. An der Abzweigung eines Reitwegs warteten zehn Leute, die wegen der Kälte die Füße aneinanderschlugen. Ein Fotograf wollte sich auf die näherkommende Gruppe stürzen, aber P'tit Louis hob, wie man ihm geraten hatte, die Arme vors Gesicht.

Maigret drehte wie ein Bär mürrisch den Kopf hin und her und beobachtete alles, die neuen Häuser am Boulevard Richard-Wallace mit den noch geschlossenen Fensterläden, ein paar Arbeiter auf dem Fahrrad, die von Puteaux kamen, eine beleuchtete Straßenbahn, zwei Concierges mit blaugefrorenen Händen.

»Alles bereit?« fragte er.

Am Vortag hatte er folgende Nachricht in die Zeitungen setzen lassen:

Das Verbrechen von Bagatelle

Die Polizei hat diesmal nicht lange gebraucht, um einen Fall aufzuklären, der zunächst unlösbar schien. Bekanntlich hat ein Wächter Montag früh in einer Allee des Bois de Boulogne etwa hundert Meter von der Porte de Bagatelle entfernt eine Leiche entdeckt, die sofort identifiziert werden konnte.

Es handelt sich um Ernst Borms, einen bekannten Wiener Arzt, der sich vor mehreren Jahren in Neuilly niedergelassen hat. Borms trug Gesellschaftskleidung. Er ist vermutlich Sonntag nacht auf dem Heimweg in seine Wohnung am Boulevard Richard-Wallace überfallen worden.

Ein Schuß aus nächster Nähe mit einem kleinkalibrigen Revolver traf ihn mitten ins Herz.

Der noch junge, gutaussehende, sehr elegante Borms galt als Lebemann.

Knapp achtundvierzig Stunden nach dem Mord hat die Kriminalpolizei eine Verhaftung vorgenommen. Der Lokaltermin ist für morgen früh zwischen sieben und acht Uhr angesetzt.

Am Quai des Orfèvres zitierte man diesen Fall später gern als besonders typisch für Maigrets Vorgehen; aber wenn man ihn darauf ansprach, hatte er so eine merkwürdige Art, brummend den Kopf abzuwenden.

Also los! Alles war bereit. Fast keine Gaffer, wie vorgesehen. Schließlich hatte er nicht umsonst die frühe Morgenstunde anberaumt. Unter den zehn, fünfzehn Leuten, die hier herumstanden, waren auch ein paar Inspektoren, die ihre unschuldigste Miene aufgesetzt hatten. Einer von ihnen, Torrence, verkleidete sich fürs Leben gern und war als Milchmann gekommen. Sein Chef quittierte es mit einem Achselzucken.

Hauptsache, P'tit Louis übertrieb nicht! ... Ein alter Kunde, der am Vortag wegen Taschendiebstahls in der Metro festgenommen worden war.

»Du könntest uns morgen früh einen kleinen Dienst erweisen. Dann wollen wir sehen, daß du diesmal etwas billiger davonkommst.«

Man hatte ihn aus der Zelle geholt.

»Also los!« brummte Maigret. »Als du Schritte hörtest, warst du an dieser Ecke hier versteckt, oder?«

»Genau, Herr Kommissar... Ich hatte einen Mordshunger, verstehen Sie... Völlig abgebrannt!... Da habe ich mir gesagt, ein Kerl, der so rausgeputzt herumläuft, hat bestimmt eine volle Brieftasche. ›Geld oder Leben‹, habe ich ihm ins Ohr geflüstert... Und ich schwöre Ihnen, es war nicht meine Schuld, daß der Schuß losging... Ich glaube, ich bin einfach wegen der Kälte mit dem Finger an den Abzug geraten...«

Elf Uhr früh. Maigret wanderte in seinem Büro am Quai des Orfèvres auf und ab, rauchte eine Pfeife nach der andern und fingerte dauernd am Telefon herum.

»Hallo! Sind Sie's, Chef?... Lucas hier... Ich bin dem Alten nach, der sich so für den Lokaltermin zu interessieren schien... Aber da ist nichts... Das ist ein Spinner, der jeden Morgen im Bois seine Runden dreht...«

»Gut! Dann komm zurück...«

Viertel nach elf.

»Hallo, Chef?... Torrence!... Ich bin dem jungen Mann gefolgt, auf den Sie mich durch ein Zwinkern aufmerksam gemacht haben... Der nimmt an jedem Detektivwettbewerb teil... Verkäufer in einem Geschäft an den Champs-Elysées... Soll ich zurückkommen?«

Erst fünf vor zwölf dann ein Anruf von Janvier.

»Ganz schnell, Chef... Ich habe Angst, daß mir der Vogel wegfliegt... Ich beobachte ihn durch die Scheibe der Telefonkabine... Bin in der Bar ›Nain Jaune‹ am Boulevard Rochechouart... Ja... Er hat mich bemerkt... Ein ruhiges Gewissen hat er nicht... Als er über die Seine ging, hat er was in den Fluß geworfen... X-mal hat er versucht, mich abzuhängen... Soll ich auf Sie warten?«

Und so begann quer durch Paris, an eiligen, ahnungslosen Passanten vorüber, von Bar zu Bar, von Kneipe zu Kneipe eine Verfolgungsjagd, die fünf Tage und fünf Nächte dauern sollte: ein einzelner Mann auf der einen Seite, Maigret mit seinen Inspektoren auf der anderen, sie lösten sich ab, waren aber am Ende genauso erschöpft wie der, den sie verfolgten.

Gerade recht zum Aperitif stieg Maigret vor dem ›Nain Jaune‹ aus dem Taxi und traf Janvier am Tresen an. Er tat gar nicht erst harmlos. Im Gegenteil!

»Welcher ist es?«

Der Inspektor wies mit einer Kinnbewegung auf einen Mann, der in einer Ecke an einem kleinen Tisch saß. Der Mann sah sie mit seinen hellen Pupillen an, ihre blaugraue Farbe verlieh seiner Physiognomie etwas Fremdländisches. Ein Nordländer? Ein Slawe? Wohl eher ein Slawe. Er trug einen grauen Mantel, einen gut geschnittenen Anzug und einen weichen Filzhut.

Etwa fünfunddreißig Jahre alt, soweit man das beurteilen konnte. Er war blaß und frisch rasiert.

»Was trinken Sie, Chef? Einen heißen Picon?«

»Gut, einen heißen Picon... Was trinkt denn er?«

»Cognac... Das ist schon der fünfte seit heute morgen. Langsam habe ich auch schon einen in der Krone, ich mußte ihm ja in alle Kneipen nach... Der ist ganz schön hart im Nehmen... Schauen Sie ihn an... So geht das schon den ganzen Morgen... Der würde doch nicht um alles in der Welt den Blick senken.«

Das stimmte. Und es war seltsam. Arroganz konnte man das nicht nennen, auch nicht Herausforderung. Der Mann sah sie ganz einfach an. Wenn er beunruhigt war, so ließ er es sich nicht anmerken. Sein Gesicht drückte eher Trauer aus, aber diese Trauer war verhalten, gemessen.

»Als er an der Bagatelle merkte, daß Sie ihn beobachteten, hat er sich gleich entfernt, und ich bin hinter ihm her. Nach kaum hundert Metern drehte er sich um. Und statt den Bois zu verlassen, wie er es wohl ursprünglich vorhatte, schlug er mit Riesenschritten den erstbesten Parkweg ein. Und drehte sich wieder um. Er hat mich erkannt und sich trotz der Kälte auf eine Bank gesetzt. Da bin ich stehengeblieben... Mehrmals hatte ich den Eindruck, daß er mich ansprechen wollte, aber schließlich ist er achselzuckend weitergegangen...

An der Porte Dauphine hätte ich ihn fast aus den Augen verloren, denn er sprang in ein Taxi, und es war reiner Zufall, daß ich auch gleich eines bekam. An der Place de l'Opéra stieg er aus und lief die Treppe zur Metro hinunter... Fünfmal stieg er um, ich immer hinterher, und da hat er wohl langsam gemerkt, daß er mich so nicht abschütteln würde...

Wir gingen wieder hoch. Das war an der Place Clichy. Seither ziehen wir von Bar zu Bar... Ich habe abgewartet, bis wir in ein passendes Lokal mit Telefonkabine kamen, von wo ich ihn im Auge behalten konnte. Als er mich anrufen sah, hat er bitter aufgelacht... Kaum zu glauben, aber seither scheint er auf Sie gewartet zu haben...«

»Ruf mal im Büro an... Lucas und Torrence sollen sich bereit halten und sofort kommen, wenn ich sie rufe... Ich brauche auch einen Fotografen vom Erkennungsdienst mit einem sehr kleinen Apparat...«

»Herr Ober!« rief der Unbekannte. »Wieviel schulde ich?«

»Drei fünfzig...«

»Ich wette, der ist Pole...«, raunte Maigret Janvier zu. »Los, gehn wir...«

Sie kamen nicht weit. An der Place Blanche betraten sie hinter dem Mann ein kleines Restaurant und setzten sich an den Nebentisch. Es war ein italienisches Lokal, so aßen sie Nudeln.

Um drei Uhr löste Lucas Janvier ab, der sich mit Maigret in einer Brasserie gegenüber der Gare du Nord aufhielt.

»Der Fotograf?« fragte Maigret.

»Er wartet draußen, um ihn da abzufangen...«

Als der Pole dann, nachdem er die Zeitungen gelesen hatte, das Lokal verließ, stürzte tatsächlich ein Inspektor auf ihn zu und machte aus einem Abstand von knapp einem Meter einen Schnappschuß. Der Mann hielt schnell die Hand vors Gesicht, aber es war schon zu spät. Er warf Maigret einen vorwurfsvollen Blick zu, womit er bewies, daß er genau verstanden hatte.

»Mein lieber Mann, du hast jedenfalls gute Gründe, uns von deiner Wohnung fernzuhalten«, sagte der Kommissar vor sich hin. »Aber bitte, wenn das hier ein Geduldsspiel werden soll, ich bin bereit...«

Am Abend tanzten ein paar Schneeflocken in der Luft, während der Unbekannte mit den Händen in den Taschen durch die Straßen zog, bis es Zeit zum Schlafen war.

»Soll ich Sie heute nacht ablösen, Chef?« fragte Lucas.

»Nein! Kümmere dich lieber um das Foto. Such zuerst in der Kartei. Frag dann in Ausländerkreisen. Dieser Knabe hier kennt sich in Paris aus. Der ist nicht erst seit gestern hier... Irgend jemand muß ihn kennen...«

»Sollen wir sein Bild in die Zeitungen setzen?«

Maigret hatte nur einen verachtungsvollen Blick für seinen Untergebenen übrig. Hatte denn Lucas, der schon so viele Jahre mit ihm zusammenarbeitete, gar nichts begriffen? Besaß die Polizei auch nur ein Indiz? Nichts! Keine einzige Zeugenaussage! Ein Mann wird nachts im Bois de Boulogne umgebracht. Man findet keine Waffe. Keine Spuren. Dr. Borms lebte allein, seine einzige Hausangestellte weiß nicht, wohin er am Vorabend gegangen ist.

»Tu, was ich dir gesagt habe! Los...«

Um Mitternacht entschließt sich der Mann endlich, ein Hotel zu betreten. Maigret betritt es hinter ihm. Es ist ein zweitklassiges, ja drittklassiges Hotel.

»Geben Sie mir ein Zimmer...«

»Füllen Sie bitte den Meldezettel aus?«

Zögernd, mit vor Kälte steifen Fingern, füllt er ihn aus und mißt Maigret mit einem Blick, als wollte er sagen:

»Glauben Sie bloß nicht, daß mich das in Verlegenheit bringt! ... Ich kann ja schreiben, was ich will...«

Und tatsächlich hat er den erstbesten Namen eingetragen, Nicolas Slaatkovitch, wohnhaft in Krakau, in Paris seit dem Vortag.

Das stimmt natürlich nicht. Maigret ruft bei der Kriminalpolizei an. Man durchsucht die Meldezettel der möblierten Zimmer, die Ausländerkarteien, alarmiert die Grenzpolizei. Nirgends ein Nicolas Slaatkovitch.

»Möchten Sie auch ein Zimmer?« fragt der Hotelbesitzer mit schiefem Gesicht, denn er hat den Polizisten gewittert.

»Danke. Ich werde die Nacht auf der Treppe verbringen...«

Das ist sicherer. Er setzt sich vor Zimmer 7 auf eine Stufe. Zweimal geht die Tür auf. Der Mann sieht forschend in die Dunkelheit, entdeckt Maigrets Gestalt und legt sich schließlich schlafen. Am Morgen ist sein Bart nachgewachsen, seine Wangen sind stoppelig. Er hat keine frische Wäsche anziehen können. Er hat nicht einmal einen Kamm, seine Haare sind wirr.

Lucas ist gerade angekommen.

»Soll ich weitermachen, Chef?«

Maigret kann sich nicht entschließen, sich von seinem Unbekannten zu trennen. Er hat beobachtet, wie der sein Zimmer bezahlt hat. Er hat gesehen, wie der Mann blaß wurde. Und er ahnt etwas.

Und tatsächlich zählt der Mann schon kurz darauf in einer Bar, in der sie sozusagen Seite an Seite Milchkaffee trinken und Hörnchen essen, ganz unverhohlen seine Barschaft. Ein Hundert-Franc-Schein, zwei Zwanzigermünzen, ein Zehner und noch etwas Kleingeld. Seine Lippen verziehen sich zu einer bitteren Grimasse.

Nun, damit wird er nicht weit kommen! In den Bois de Boulogne hatte er sich direkt von zu Hause aufgemacht, denn er war frisch rasiert, ohne ein Stäubchen oder Fältchen an der Kleidung. Er hatte wohl damit gerechnet, bald wieder heimzukehren, und nicht einmal nachgesehen, wieviel Geld er in der Tasche hatte.

Was er in die Seine geworfen hat, waren bestimmt Ausweispapiere, vielleicht auch Visitenkarten, vermutet Maigret.

Er will um jeden Preis verhindern, daß man seine Wohnung entdeckt.

Und so geht es weiter mit dem Stadtbummel des Verfolgten: Stehenbleiben vor Schaufenstern, vor Straßenverkäufern, hin und wieder eine Bar, um sich wenigstens mal hinsetzen zu können, vor allem bei der Kälte draußen. Zeitungslektüre in einer Brasserie.

Einhundertfünfzig Franc! Dafür gibt es kein Mittagessen im Restaurant mehr. Der Mann begnügt sich mit harten Eiern, die er an einem Tresen im Stehen ißt und mit einem Bock hinunterspült, während Maigret belegte Brötchen verschlingt.

Der Mann bleibt lange zaudernd vor einem Kino stehen. Seine Hand spielt mit dem Geld in der Tasche. Lieber durchhalten... Er geht und geht...

Richtig! Maigret ist etwas aufgefallen. Das ermüdende Herumwandern beschränkt sich immer auf die gleiche Stadtgegend; von der Trinité zur Place Clichy... Von der Place Clichy über die Rue Caulaincourt zur Barbès... Von der Barbès zur Gare du Nord und zur Rue La Fayette...

Ob der Mann befürchtet, anderswo erkannt zu werden? Bestimmt hat er sich eine von seiner Wohnung oder seinem Hotel möglichst weit entfernte Gegend ausgesucht, in der er sich gewöhnlich nicht aufhält...

Verkehrt er wie viele Ausländer am Montparnasse? In der Panthéon-Gegend?

Seine Kleidung läßt auf Mittelschicht schließen. Sie ist bequem, schlicht, gut geschnitten. Wahrscheinlich Freiberufler. Ach! Einen Ehering trägt er auch! Also verheiratet!

Maigret hat sich wohl oder übel von Torrence ablösen lassen. Er geht auf einen Sprung nach Hause.

Madame Maigret ist unzufrieden, weil ihre Schwester aus Orléans gekommen ist, sie extra etwas Gutes gekocht hat und ihr Mann jetzt, nachdem er sich rasiert und umgezogen hat, schon wieder geht und auch noch sagt, wann er zurückkomme, wisse er nicht.

Er schaut am Quai des Orfèvres herein.

»Hat Lucas etwas für mich hinterlassen?«

Ja! Da ist ein Zettel vom Wachtmeister. Er hat das Foto in polnischen und russischen Kreisen herumgezeigt. Der Mann ist unbekannt. Auch bei den politischen Gruppierungen. Als letzten Ausweg hat Lucas eine Menge Abzüge von dem berühmten Foto machen lassen. In allen Stadtteilen ziehen Polizisten von Tür zu Tür, von Concierge zu Concierge und halten das Beweisstück Gastwirten und Kellnern unter die Nase.

»Hallo! Kommissar Maigret? Ich bin Platzanweiserin im Ciné-Actualités am Boulevard de Strasbourg... Da ist ein Herr... Monsieur Torrence... Er hat mich gebeten, Sie anzurufen und Ihnen zu sagen, daß er hier ist, aber nicht wagt, aus dem Saal zu gehen...«

Nicht dumm, der Mann! Er hat sich ausgerechnet, daß dies der beste geheizte Ort war, an dem er billig ein paar Stunden verbringen konnte... Eintritt zwei Franc... Und man darf sich mehrere Vorstellungen ansehen!...

Zwischen Verfolger und Verfolgtem, zwischen dem Mann, dessen Bart immer länger, dessen Kleider immer zerknitterter werden, und Maigret, der seine Beute keinen Augenblick losläßt, hat sich eine merkwürdige Vertrautheit entwickelt. Es gibt sogar eine komische Gemeinsamkeit. Beide haben einen Schnupfen bekommen. Beide haben eine gerötete Nase und ziehen fast im Takt das Taschentuch heraus. Einmal mußte der Mann sogar unwillkürlich lächeln, als Maigret einen Niesanfall hatte.

Nachdem er sich die Wochenschau fünfmal hintereinander angesehen hat, geht er in ein mieses Hotel am Boulevard de la Chapelle und trägt sich wieder mit demselben Namen ein. Und Maigret setzt sich wieder auf die Treppe. Aber da dies ein Stundenhotel ist, wird er alle zehn Minuten von Paaren gestört, die ihn neugierig ansehen, wobei sein Anblick die Frauen nicht gerade beruhigt.

Ob der Mann, wenn er am Ende seiner Kraft oder seiner Nerven ist, endlich nach Hause geht? Maigret hat in einer Brasserie, wo der Mann ziemlich lange saß und seinen grauen Mantel abgelegt hatte, nicht gezögert, das Kleidungsstück in die Hand zu nehmen und die Innenseite des Kragens zu betrachten. Der Mantel stammt aus dem *Old England* am Boulevard des Italiens. Konfektionsware, von der Firma gewiß zigmal verkauft. Aber immerhin ein Hinweis. Ein Modell vom letzten Winter. Also hält sich der Unbekannte seit mindestens einem Jahr in Paris auf. Und in diesem Jahr muß er doch irgendwo untergekrochen sein…

Maigret trinkt jetzt Grogs, um seinen Schnupfen zu bekämpfen. Der andere gibt sein Geld nur noch sparsam aus. Er trinkt Kaffee, nicht einmal mehr mit Schuß, und ernährt sich von harten Eiern und Hörnchen.

Aus dem Büro stets die gleiche Nachricht: nichts

Neues! Keiner erkennt den Polen auf dem Foto. Niemand wird als vermißt gemeldet.

Auch über den Toten nichts. Er hatte eine große Praxis, viel Geld verdient, sich nicht um Politik gekümmert, ging viel aus und behandelte als Nervenspezialist vor allem Frauen.

Wie lange dauert es, bis bei einem wohlerzogenen, gepflegten, gut gekleideten Mann der Lack abgeht, wenn er auf der Straße sitzt? Auf diese Frage hatte Maigret bisher keine Antwort gefunden.

Vier Tage! Jetzt wußte er es. Vor allem der Bart. Am ersten Morgen wirkte der Mann wie ein Anwalt oder ein Arzt, ein Architekt oder Industrieller, bei dem man sich vorstellen konnte, daß er aus einer behaglichen Wohnung kam. Der Vier-Tage-Bart hatte ihn so verändert, daß viele Leute, wenn man ihn in Zusammenhang mit dem Fall im Bois de Boulogne so in den Zeitungen abgebildet hätte, gesagt hätten:

»Dem sieht man den Mörder doch an!«

Kälte und Übermüdung hatten seine Lider gerötet, und sein Gesicht war vom Schnupfen ganz verquollen. Seine Schuhe, die nicht mehr geputzt waren, wirkten unförmig. Sein Mantel hing an ihm herunter, und seine Hose war an den Knien ausgebeult.

Sogar der Gang... Er ging nicht mehr wie früher... Er schlich an den Hauswänden entlang... Er senkte den Blick, wenn Passanten ihn ansahen... Und noch etwas: Er wandte den Blick ab, wenn er an einem Restaurant vorbeiging, in dem Gäste an reichgedeckten Tischen saßen...

»Noch zwanzig Franc, mein Lieber!« rechnete sich Maigret aus. Und dann?...

Lucas, Torrence, Janvier wollten ihn ablösen, doch er ließ es nur selten zu. Er sauste an den Quai des Orfèvres, ging zu seinem Chef.

»Sie sollten sich mal ausruhen, Maigret...«

Maigret war gehässig, reizbar, von den widersprüchlichsten Gefühlen hin und her gerissen.

»Soll ich nun den Mörder finden oder nicht?«

»Natürlich...«

»Also dann los!« seufzte er mit einem Unterton von Groll in der Stimme. »Bin ja gespannt, wo wir heute nacht schlafen...«

Nur noch zwanzig Franc! Oder noch weniger! Als er bei Torrence eintraf, erklärte ihm dieser, daß der Mann in einer Bar Ecke Rue Montmartre drei harte Eier gegessen und zwei Kaffee mit Schuß getrunken habe.

»Acht Franc fünfzig... Bleiben ihm noch elf Franc fünfzig...«

Er bewunderte ihn. Statt sich zu verstecken, ging der Mann vor ihm her, manchmal sogar neben ihm, so daß er sich beherrschen mußte, ihn nicht einfach anzusprechen:

»He, alter Freund!... Meinen Sie nicht auch, es wäre an der Zeit, zum Essen zu gehen... Da wartet doch irgendwo eine geheizte Wohnung auf Sie, ein Bett, Pantoffeln, ein Rasierapparat... Oder?... Und ein gutes Abendessen...«

Aber nein! Der Mann, der nicht mehr wußte, wohin er noch sollte, trieb sich unter den Bogenlampen der

Hallen, zwischen den Kohl- und Karottenbergen herum und wich aus, wenn er das Pfeifen des Zuges hörte oder die Lastwagen der Gemüsegärtner vorüberfuhren.

»Für ein Zimmer hast du kein Geld mehr!«

Das Wetteramt registrierte an jenem Abend acht Grad unter Null. Der Mann leistete sich heiße Würste, die eine Verkäuferin im vollen Wind briet. Nun würde er die ganze Nacht nach Knoblauch und Fettdunst stinken.

Einmal versuchte er, sich in einen Stand zu schleichen und sich in einer Ecke auszustrecken. Ein Polizist, den Maigret nicht schnell genug einweihen konnte, verjagte ihn. Jetzt hinkte er. Die Quais. Der Pont des Arts. Er sollte sich nur nicht einfallen lassen, in die Seine zu springen! Ihm auch noch in das schwarze Wasser zu folgen, wo schon Eisschollen trieben, würde Maigret dann doch nicht wagen.

Er ging den Treidelquai entlang. Einige Clochards schimpften. Die guten Plätze unter den Brücken waren belegt.

In einer kleinen Straße bei der Place Maubert sah man durch die Scheiben einer merkwürdigen Kneipe ein paar Alte, die mit dem Kopf auf dem Tisch schliefen. Für zwanzig Sou, ein Glas Rotwein inbegriffen! Der Mann sah ihn in der Dunkelheit an. Er machte eine gottergebene Geste und stieß die Tür auf. Maigret schlug ein ekelerregender Geruch entgegen. Da blieb er lieber draußen. Er winkte einen Polizisten herbei und stellte ihn auf dem Gehsteig auf, dann rief er Lucas an, der diese Nacht Dienst hatte.

»Wir suchen Sie schon eine Stunde, Chef. Wir haben ihn! Über eine Concierge... Der Kerl heißt Stephan Strevzki, Architekt, 34 Jahre alt, geboren in Warschau, seit drei Jahren in Frankreich... Er arbeitet bei einem Innenarchitekten am Faubourg Saint-Honoré... Verheiratet mit einer Ungarin namens Dora, blendende Erscheinung... Wohnhaft in Passy, Rue de la Pompe, Miete zwölftausend Franc... Keine Politik... Die Concierge hat das Opfer noch nie gesehen... Stephan ist Montag früher los als gewöhnlich... Sie hat sich gewundert, daß er nicht zurückkam, sich aber nicht weiter beunruhigt, da...«

»Wieviel Uhr ist es?«

»Halb vier... Ich bin allein hier... Habe Bier bringen lassen, aber es ist sehr kalt...«

»Hör mal, Lucas... Mach doch... Ja, ich weiß! Für die Morgenausgaben ist es zu spät... Dann eben abends... Verstanden?«

An jenem Morgen haftete den Kleidern des Mannes ein dumpfer Elendsgeruch an. Seine Augen lagen tief in den Höhlen. Der Blick, den er Maigret an dem fahlen Morgen zuwarf, war erschütternd vorwurfsvoll.

Hatte man ihn nicht Schritt für Schritt, aber doch schwindelerregend schnell an den Rand des Ruins gebracht? Er schlug seinen Mantelkragen hoch und verließ die Gegend nicht mehr. Als ein Bistro aufmachte, stürzte er hinein und trank hintereinander vier Schnäpse, wie um den gräßlichen Nachgeschmack, den diese Nacht in seiner Kehle und in seinem Innern hinterlassen hatte, hinunterzuspülen.

Egal! So hatte er eben nichts mehr! Das einzige, was ihm noch blieb, war, auf den eisglatten Straßen immer weiterzugehen. Er mußte sich wie gerädert fühlen. Er hinkte mit dem linken Bein. Von Zeit zu Zeit blieb er stehen und sah sich verzweifelt um.

Da er kein Café mehr betrat, wo es ein Telefon gegeben hätte, konnte Maigret sich nicht mehr ablösen lassen. Wieder die Quais! Und diese mechanische Geste, mit der der Mann in den antiquarischen Büchern stöberte und blätterte, sich manchmal der Echtheit eines Stiches oder Holzschnitts vergewisserte! Eisiger Wind fegte über die Seine. Vor den fahrenden Lastkähnen klirrte es im Wasser, weil winzige Eispailletten aneinander stießen.

In der Ferne sah Maigret den Quai des Orfèvres, das Fenster seines Büros. Seine Schwägerin war gewiß wieder nach Orléans abgefahren. Hauptsache, Lucas...

Er wußte noch nicht, daß diese peinigende Ermittlung ein Klassiker würde, den Generationen von Inspektoren immer wieder in allen Einzelheiten repetieren würden. Seltsamerweise beeindruckte ihn nun ein winziges Detail am meisten: Der Mann hatte einen Pickel auf der Stirn, einen Pickel, der genauer betrachtet wohl ein Furunkel war, das sich schon von Rot in Violett verfärbte.

Hauptsache, Lucas...

Um zwölf ging der Mann, der sich in seinem Paris entschieden gut auskannte, zur Volksküche ganz unten am Boulevard Saint-Germain. Er stellte sich in der Reihe der Hungerleider an. Ein Alter sprach ihn an, aber er reagierte nicht. Darauf redete ihn ein anderer mit einem pockennarbigen Gesicht auf russisch an.

Maigret überquerte die Straße, zögerte, betrat dann wohl oder übel ein Bistro, um belegte Brötchen zu essen. Dabei drehte er sich aber halb um, damit ihn der andere nicht durch die Scheibe beim Essen sehen konnte.

Die armen Teufel rückten langsam vor, um dann zu viert oder sechst den Raum zu betreten, wo man ihnen einen Teller heiße Suppe vorsetzte. Die Schlange wurde länger. Hin und wieder schob jemand von hinten, und einige protestierten.

Ein Uhr... Der Junge tauchte ganz am Ende der Straße auf... Er stürmte mit vornübergeneigtem Oberkörper heran...

»Kauft *L'Intran... L'Intran...*«

Auch er versuchte, schneller zu sein als die andern. Er sah schon von weitem, wer ihm eine Zeitung abkaufen würde. Die Schlange der Bettler beachtete er nicht.

»Kauft...«

Der Mann hob demütig die Hand und machte:

»Psssttt! ...«

Die anderen sahen ihn an. Also hatte der noch ein paar Sou, um sich eine Zeitung zu kaufen?

Auch Maigret rief den Zeitungsjungen, entfaltete das Blatt und fand zu seiner Erleichterung auf der ersten Seite, was er suchte, das Foto einer jungen, schönen, lächelnden Frau.

Junge Frau vermißt

Seit vier Tagen wird die junge Polin Dora Strevzki vermißt, die nicht mehr in ihre Wohnung in Passy, Rue de la Pompe 17, zurückgekehrt ist...

Besonders besorgniserregend ist, daß auch der Ehemann der Vermißten, Stephan Strevzki, am Vortag, das heißt Montag, aus seiner Wohnung verschwunden ist, und die Concierge, die die Polizei gerufen hat, erklärt...

Der Mann hatte in der Schlange, die ihn zu einem Teller heißer Suppe führte, nur noch fünf oder sechs Meter zu überwinden, aber er trat jetzt aus der Reihe, überquerte die Straße, wobei er fast von einem Bus erfaßt worden wäre, und erreichte den Gehsteig genau an der Stelle, an der Maigret stand.

»Verfügen Sie über mich!« sagte er nur. »Führen Sie mich ab... Ich werde alle Ihre Fragen beantworten...«

Alle warteten im Gang der Kriminalpolizei, Lucas, Janvier, Torrence und auch noch andere, die nichts mit dem Fall zu tun hatten, aber genau im Bild waren. Als Maigret an Lucas vorüberging, bedeutete ihm dieser mit einer Handbewegung: »Geschafft!«

Eine Tür geht auf und zu. Bier und belegte Brötchen auf dem Tisch.

»Essen Sie erst mal einen Happen...«

Unbehagen. Die Bissen wollen nicht hinunter. Dann sagt der Mann endlich:

»Da sie weg ist und irgendwo in Sicherheit...«

Maigret fühlte sich gedrängt, im Ofen herumzustochern.

»Als ich den Bericht über den Mord in der Zeitung las... Ich hatte Dora schon lange im Verdacht, daß sie mich mit diesem Mann betrügt... Ich wußte auch, daß sie nicht seine einzige Geliebte war... Ich kenne Dora und ihr Temperament... Verstehen Sie?... Wenn er Schluß machen wollte, war sie zu allem fähig... Sie trug auch immer einen Revolver mit Perlmuttgriff in der Tasche... Als die Zeitungen über die Verhaftung des Mörders und den Lokaltermin schrieben, wollte ich sehen...«

Maigret hätte am liebsten wie ein englischer Polizist zu ihm gesagt:

»Ich mache Sie darauf aufmerksam, daß alle Ihre Aussagen gegen Sie verwendet werden können...«

Er hatte seinen Mantel noch nicht ausgezogen und den Hut noch auf dem Kopf.

»Jetzt, da sie in Sicherheit ist... Denn ich nehme an...«

Er sah sich ängstlich um. Ein Verdacht stieg in ihm auf.

»Sie hat wohl verstanden, als ich nicht nach Hause zurückkam... Ich wußte ja, daß das so ausgehen würde, Borms war nicht der Richtige für sie, sie hätte es nie ertragen, daß er nur einfach mit ihr spielt, und dann wäre sie zu mir zurückgekommen... Sonntag abend ist sie allein weggegangen, was in letzter Zeit öfters vorkam... Sie hat ihn wohl getötet, als...«

Maigret schneuzte sich. Er schneuzte sich lange. Ein Strahl jener grellen Wintersonne, die bei großer Kälte scheint, drang durch die Fensterscheibe. Der Pickel, das Furunkel, glänzte auf der Stirn des Mannes. Maigret nannte ihn noch immer so.

»Jawohl, Ihre Frau hat ihn getötet... Als sie merkte, daß er sich nichts mehr aus ihr machte... Und Sie, Sie haben verstanden, daß sie getötet hatte... Und Sie wollten nicht...«

Er trat plötzlich auf den Polen zu.

»Tut mir leid, mein Lieber«, murmelte er, als habe er einen alten Kameraden vor sich. »Ich mußte doch die Wahrheit aufdecken, nicht? Es war meine Pflicht...«

Er machte die Tür auf.

»Führen Sie Madame Dora Strevzki herein... Lucas, mach du weiter, ich...«

Zwei Tage lang ließ er sich am Quai des Orfèvres nicht blicken. Sein Chef rief ihn zu Hause an.

»Maigret, wissen Sie schon, daß sie alles gestanden hat und... Übrigens, was macht Ihr Schnupfen... Ich habe gehört...«

»Nicht schlimm, Chef! Schon fast vorbei... In vierundzwanzig Stunden... Und er?«

»Wer er?«

»Er!«

»Ach so, verstehe... Er hat sich den besten Anwalt von Paris genommen... Er hofft... Sie wissen schon, Verbrechen aus Leidenschaft...«

Maigret legte sich wieder ins Bett und benebelte sich mit großen Mengen Grog und Aspirin. Wenn ihn später jemand auf die Untersuchung ansprach, brummte er nur:

»Welche Untersuchung?«, und zwar in einem Ton, daß es jedem verging, weiterzufragen.

Der Mann besuchte ihn ein- bis zweimal in der Woche und hielt ihn über die Hoffnungen des Anwalts auf dem laufenden.

Zum Freispruch reichte es nicht ganz: ein Jahr mit Bewährung.

Und von dem Mann hat Maigret dann auch noch Schachspielen gelernt.

Nieul-sur-Mer, 1939

›Etoile du Nord‹ – Stern des Nordens

I

Ein undeutliches Brummen am Telefon war an allem schuld, jedenfalls aber daran, daß Maigret an diesem verwirrenden Abenteuer teilnahm.

Er gehörte schon fast nicht mehr zur Kriminalpolizei. Noch zwei Tage, und er würde offiziell in den Ruhestand treten. Er hatte die Absicht, diese beiden Tage wie die vorhergehenden damit zu verbringen, seine Akten zu ordnen und seine persönlichen Papiere und Notizen aus dem Büro zu entfernen. Dreißig Jahre war es jetzt her, daß er in diesem Haus am Quai des Orfèvres arbeitete, das ihm bis in den hintersten Winkel vertraut war, vertrauter als seine Wohnung. Nie hatte er mit Ungeduld auf die Pensionierung gewartet. Jetzt aber, wo ihn nur noch achtundvierzig Stunden von der Freiheit trennten, entdeckte er auf einmal in sich die Mentalität eines zweitrangigen Soldaten, zählte die Stunden und hörte nicht auf, an das Haus am Ufer der Loire zu denken, das auf ihn wartete und in dem Madame Maigret schon alles für seine Ankunft vorbereitete.

Um ungestört arbeiten zu können, hatte er die Nacht in seinem Büro verbracht, das nun von dicken blauen Rauchschwaden erfüllt war. Am frühen Morgen sah er auf die regennassen Quais hinunter, auf denen die Laternen noch brannten, und diese Atmosphäre erinnerte ihn an die vielen Verhöre, die am frühen Nachmittag in eben diesem Büro ihren Anfang genommen und erst in der gleichen trüben Dämmerung zu einem Geständnis des erschöpften Verbrechers geführt hatten. Wobei der, der ihn verhörte, mit seiner Kraft nicht weniger am Ende war als der, dem die Fragen gestellt wurden.

Im Büro nebenan läutete das Telefon. Zuerst achtete Maigret nicht darauf; dann hob er den Kopf, weil ihm eingefallen war, daß der diensthabende Inspektor einige Augenblicke zuvor vorbeigekommen war, um ihm zu sagen, er wolle eine Tasse Kaffee trinken gehen. Das große Haus wirkte verlassen, mit seiner spärlichen Beleuchtung und den leeren Gängen. Maigret ging in eines der Büros, nahm den Hörer ab und meldete sich mit einem: »Hallo?«

Am anderen Ende der Leitung fragte eine Männerstimme: »Bist du's?«

Warum begnügte er sich damit, ein undeutliches Brummen von sich zu geben, anstatt »Nein« zu sagen oder nach Einzelheiten zu fragen?

»Hier Pierre. Das Überfallkommando hat uns mitgeteilt, daß im Hotel ›L'Etoile du Nord‹ ein mysteriöses Verbrechen begangen worden ist. Fährst du hin?«

Maigret brummte abermals, legte den Hörer auf die Gabel und blickte verwirrt um sich. Er wußte, wie das Ganze zusammenhing. Der diensthabende Inspektor hatte beim Überfallkommando einen Freund mit Vornamen Pierre. Und der war ganz glücklich, ihm einen wichtigen Hinweis geben zu können.

Zwei Tage noch...

Maigret stopfte sich eine Pfeife und ging in sein Büro zurück. Er konnte sich nicht dazu aufraffen, sich wieder in seinen Papierwust zu stürzen, und einen Augenblick später setzte er seine Melone auf, zog den dicken Mantel mit dem Samtkragen an und ging mit einem Achselzucken die Treppe hinunter.

Es war noch nicht sechs Uhr früh. Der Anrufer hatte offensichtlich keine Zeit verloren, denn als Maigret in der Rue de Maubeuge aus dem Taxi stieg, waren vor dem Hoteleingang, der von einem uniformierten Polizisten bewacht wurde, noch keine Schaulustigen zu sehen.

»Ist der Kommissar des Viertels schon da?«

»Nein, noch nicht. Jemand ist ihn holen gegangen.«

»Und der Arzt?«

»Er ist eben hinaufgegangen.«

Es war ein viertklassiges Hotel, das typische banale Hotel, das man in der Nähe aller Bahnhöfe findet. In einem kleinen Büro rechts vom Eingang sah Maigret ein ungemachtes Bett.

Es mußte das Bett des Nachtportiers sein.

Alles war grau und von zweifelhafter Sauberkeit, ein Eindruck, den die frühe Morgenstunde und der anhaltende Regen noch verstärkten.

»Es ist im zweiten Stock, auf Nummer zweiunddreißig.«

Ein abgenutzter Treppenläufer, von Messingstangen festgehalten. Im Korridor im ersten Stock ein paar Leute in Nachtgewändern. Einige hatten anstelle eines Schlafrocks den Mantel über den Pyjama gestreift. Ihre noch schlaftrunkenen Gesichter zeigten jene stumpfsinnige Verblüffung, die plötzliche Katastrophen gewöhnlich hervorrufen.

Maigret ging weiter und stieß fast mit einem jungen Mädchen im dunklen Kostüm zusammen, das die Treppe herunterkam.

»Wo wollen Sie hin?« fragte er mechanisch.

»Zum Bahnhof.«

»Gehen Sie in Ihr Zimmer zurück.«

»Aber...«

»Niemand darf das Hotel verlassen, bevor ich ihm die Erlaubnis dazu gebe. Vor der Tür steht ein Polizist.«

Er stieg weiter die Treppe hinauf und zwang sie so, die Stufen rückwärts hinaufzugehen.

»Wird es lange dauern?«

»Keine Ahnung. Nochmals: Gehen Sie in Ihr Zimmer zurück.«

Zu Beginn einer Untersuchung gab sich Maigret gern mürrisch. Außerdem hatte er diesmal nicht geschlafen. Eine Tür ging auf; es war die Tür von Nummer zweiunddreißig. Ein Mann, der sich offenbar in aller Eile angezogen hatte – er trug weder Kragen noch Schlips, und seine bloßen Füße steckten in Pantoffeln –, fragte Maigret: »Sind Sie der Polizeikommissar?«

»Nein, ich bin von der Kriminalpolizei. Kommissar Maigret.«

»Bitte kommen Sie herein. Ich bin der Besitzer des Hotels. Das ist das erste Mal seit fünf Jahren – seit ich das Hotel übernommen habe –, daß mir das passiert.«

Schon hatte Maigret ihn eingestuft. Ein langweiliger,

geschwätziger, weinerlicher Kerl, ein Schwächling, der seine lächerlichen Ersparnisse in dieses Hotel gesteckt hatte, in der Hoffnung, sich nach ein paar Jahren zur Ruhe setzen zu können.

Maigret betrat das Zimmer. Der Arzt zog seinen Mantel wieder an. Auf dem Bett lag ein Mann, splitternackt und so, daß man sein Gesicht nicht sehen konnte, wohl aber eine tiefe Wunde in der Mitte des Rückens, etwa auf der Höhe des Herzens.

»Tot?«

»Er muß so gut wie sofort tot gewesen sein.«

»Und das Blut?«

Der Arzt deutete auf eine große Lache am Boden neben der Tür. »Er hat sich bis hierher geschleppt, um um Hilfe zu rufen.«

Der Wirt erklärte:

»Mein Wecker hatte eben geläutet. Ich stehe nämlich immer um halb sechs auf. Meine Gäste reisen fast alle mit dem Zug und können daher auch nicht lange schlafen. Ich hörte, wie Türen auf- und zugingen.«

»Einen Augenblick. Sie sagen Türen. Waren es wirklich mehrere?«

»Ich glaube schon... Ich weiß es nicht genau... Ich habe verschiedene Geräusche gehört.«

»Und Schritte?«

»Ja, auch Schritte.«

»Im Korridor oder auf der Treppe?«

»Ich weiß nicht recht.«

»Denken Sie nach. Schritte auf der Treppe hören sich anders an als Schritte auf dem Fußboden.«

»Vielleicht war es beides. Was mir vor allem auffiel,

war ein Schrei, der so klang, als würde er von einem Mann mühsam ausgestoßen. Ich war gerade dabei, meine Hose anzuziehen. Ich hab' die Tür aufgemacht und...«

»Pardon! Wo schlafen Sie?«

»Am Ende des Korridors im ersten Stock. Dort ist ein kleines Zimmer, das nicht vermietet werden kann, weil es nur eine Luke hat.«

»Fahren Sie fort.«

»Das ist alles. Ich bin hinaufgerannt. Aus allen Türen schauten Gäste heraus. Die Tür hier stand offen, und auf der Schwelle lag oder vielmehr kniete ein Mann, der stark blutete.«

»War er nackt?«

»Ich habe ihm den Pyjama ausgezogen«, warf der Arzt ein.

»Ein Messerstich?«

»Ein Messerstich, ja! Es muß ein ordentliches Messer mit einer breiten Klinge gewesen sein.«

Der Polizeikommissar des Viertels traf endlich ein. Er runzelte die Brauen, als er Maigret erblickte.

Maigret hatte einen ganz besonderen Horror vor Dramen, die sich in Hotels abspielten, und er bedauerte bereits, den Telefonanruf entgegengenommen zu haben, der nicht für ihn bestimmt gewesen war. Wie immer wurden die Gäste ungeduldig. Man sah einen nach dem anderen auftauchen.

»Pardon, Herr Kommissar. Hier meine Papiere. Ich bin ein Ehrenmann und in Béziers bekannt. Ich muß um zwölf in Brüssel sein, und mein Zug...«

Der Kommissar konnte nichts anderes antworten als:

»Tut mir leid!«

Einige wurden ärgerlich. Frauen weinten, nachdem sie vergeblich versucht hatten, ihren Charme auszuspielen.

»Wenn mein Mann erfährt, daß ich in diesem Hotel geschlafen habe...«

»Gedulden Sie sich, Madame!«

Schließlich wurde er wütend, weil alle diese Leute im Korridor herumstanden, und zwang jeden einzelnen von ihnen, in sein Zimmer zurückzugehen und die Tür hinter sich zuzumachen.

Er hatte nicht einmal eine Viertelstunde Zeit für seine Arbeit. Gleich würden die Spezialisten vom Erkennungsdienst hier sein, mit ihren Fotoapparaten und anderen Instrumenten. Dann kamen der Untersuchungsrichter, die Vertreter der Staatsanwaltschaft und der Gerichtsarzt an die Reihe.

»Ist das sein Gepäck? Hat er sonst keins?«

Der bleiche Hoteldiener schüttelte den Kopf. Es stand nur ein schmales Köfferchen in der Ecke, und Maigret, der es öffnete, fand darin nur Toilettenartikel und Wäsche zum Wechseln. Am Garderobenständer hingen ein erstklassig geschnittener grauer Anzug, ein Mantel mit Gürtel und ein weicher Filzhut mit den Initialen G. B.

In der Brieftasche steckte eine Visitenkarte mit dem Aufdruck: *Georges Bompard, 17, Rue de Miromesnil, Paris.* Hingegen enthielt die Brieftasche kein Geld, und man fand auch sonst nirgendwo welches, außer ein wenig Kleingeld in den Taschen.

Maigret, auf dessen Befehl hin die Leiche umgedreht worden war, sah sich einem etwa fünfundvierzigjährigen, sehr gepflegten Mann mit ausgesprochen feinen Gesichtszügen gegenüber. Seltsamerweise waren es gerade die silbergrauen Haare, die dem Unbekannten ein betont jugendliches Aussehen und zugleich eine gewisse Distinguiertheit verliehen.

»Holen Sie mir seinen Meldezettel!«

Der Hotelbesitzer brachte ihn. Das Formular war auf den Namen Bompard ausgestellt, und es stand die gleiche Adresse darauf wie auf der Visitenkarte.

»Ist er allein gekommen?«

»Das habe ich gerade vorhin den Nachtportier gefragt. Der Mann ist nämlich erst um halb vier Uhr früh hier abgestiegen. Er war allein.«

»Wo ist der Nachtportier?«

»Er wartet unten.«

»Sagen Sie ihm, daß ich ihm verbiete, das Hotel zu verlassen, ehe ich mit der Untersuchung fertig bin.«

Im gleichen Augenblick bückte sich Maigret und hob einen Seidenstrumpf auf, der von einem Bettfuß halb verborgen gewesen war. »Bringen Sie mir die Liste der Gäste, vor allem der weiblichen.«

Man hatte den Seidenstrumpf in aller Eile abgestreift und zu Boden fallen lassen. Er war fleischfarben, ziemlich klein und von mittlerer Qualität.

Maigret überließ es dem Polizeikommissar, die wesentlichen Fakten für seinen Bericht zu notieren und die drei Herren von der Staatsanwaltschaft zu begrüßen, und verließ das Zimmer, den Hut auf dem Kopf und die Pfeife zwischen den Zähnen. Aber seine Pfeife war ausgegangen, und er ließ sich von dem Hotelbesitzer begleiten, der ihm folgen mußte wie etwa einem Oberst, der die Schlafräume inspiziert.

»Hier?« fragte er, indem er auf eine Tür zeigte.

»Madame Geneviève Blanchet, zweiundvierzig Jahre alt, Witwe, wohnhaft in Compiègne.«

Er sah auf den ersten Blick, daß Madame Blanchet Baumwollstrümpfe trug, befahl ihr aber trotzdem, ihr Gepäck zu öffnen. Danach durchsuchte er trotz ihres Protestes das Zimmer.

»Sie haben nichts gehört?«

Sie errötete. Er mußte die Frage wiederholen.

»Ich hatte den Eindruck... Die Wände sind dünn, wissen Sie... Ich wollte sagen, ich hatte den Eindruck, daß der Herr nicht allein war und daß er... ich meine, daß sie...«

»Daß sie sich im Nebenzimmer liebten?« fragte Maigret unverblümt, denn ihm graute vor prüden Frauen.

Danach machten ihm zwei alte Engländerinnen zu schaffen, weil sie mehrere Paar Seidenstrümpfe bei sich hatten, die jedoch neu waren und die sie für eine Nichte über die Grenze schmuggeln wollten.

Eine Schweizerin, mit deren Papieren etwas nicht stimmte, wurde zwecks Identitätskontrolle zum Quai des Orfèvres geschickt.

Die Zeit verging, ohne daß Maigret den zweiten Strumpf gefunden hätte. Ein Stockwerk höher sah er sich dem jungen Mädchen im Kostüm gegenüber, dem er schon auf der Treppe begegnet war, und sein Blick fiel sofort auf ihre Beine.

»Sieh mal an! Sie tragen keine Strümpfe?« fragte er erstaunt. »Um diese Jahreszeit?«

Es war März und ganz außergewöhnlich kalt.

»Ich trage nie Strümpfe.«

»Haben Sie Gepäck bei sich?«

»Nein!«

»Haben Sie ein Formular ausgefüllt?«

»Ja.«

Er suchte den Meldezettel aus dem Bündel von Formularen heraus. Der Zettel lautete auf den Namen Céline Germain, nicht berufstätig, wohnhaft in Orléans, Rue des Saules.

»Sie heißen Céline Germain?«

»Ja.«

Er betrachtete sie mit erhöhter Aufmerksamkeit, weil in ihren Antworten etwas eindeutig Aggressives lag.

»Wie alt?«

»Neunzehn.«

»Tragen Sie wirklich nie Strümpfe?«

Er durchsuchte das Zimmer, durchwühlte das Bett, öffnete sämtliche Schubladen im Kleiderschrank und befahl plötzlich:

»Heben Sie Ihren Rock hoch!«

»Wie bitte? Sie sind wohl verrückt geworden!«

»Ich bitte Sie, Ihren Rock hochzuheben.«

»Na erlauben Sie mal! Haben Sie denn nicht Angst, ich würde Sie anzeigen, Sie Schweinekerl Sie!«

»In diesem Hotel ist ein Mann ermordet worden«, erwiderte er nur. »Also beeilen Sie sich!«

Sie war blaß, mit großen, goldgesprenkelten Augen,

den Augen einer Rothaarigen. Und diese Augen drückten jetzt Verachtung und Wut aus.

»Heben Sie ihn doch selber hoch, wenn Sie keine Angst haben«, antwortete sie. »Aber ich mache Sie darauf aufmerksam, daß ich Sie anzeigen werde!«

Er trat zu ihr und betastete ihre Hüften.

»Sie tragen einen Gürtel«, stellte er fest.

»Na und?«

»Sie wissen sehr wohl, daß Sie ihn nicht zur Zierde tragen, sondern daß es ein Strumpfgürtel ist.«

»Haben Sie etwas dagegen? Ich kann mich doch anziehen, wie ich will, oder?«

»Wo ist der zweite Strumpf?«

»Woher soll ich das wissen?«

Der Hotelbesitzer hörte dem seltsamen Dialog verblüfft zu. »Bringen Sie mir einen großen Schraubenschlüssel!« befahl ihm Maigret.

Er benutzte ihn, um das Abflußrohr des Waschbekkens abzuschrauben. Als hätte er nichts anderes erwartet, zog er alsbald ein kleines schwammiges Etwas heraus, das nichts anderes war als ein Seidenstrumpf.

»Los, gehen wir, *mon petit*!« befahl er, seine Überraschung verbergend. »In meinem Büro können wir uns besser unterhalten.«

»Und wenn ich mich weigere mitzukommen?«

»Los, gehen wir!«

Er schob sie auf den Korridor hinaus. Sie machte sich steif. Vor dem Zimmer Nummer zweiunddreißig blieb er einen Augenblick stehen und machte die Tür einen Spalt weit auf.

»Ich flitze zum Quai!« verkündete er dem Untersuchungsrichter, der soeben gekommen war. »Ich glaube, ich habe etwas Interessantes entdeckt.«

In diesem Augenblick versuchte sich seine Gefangene mit einer unvermuteten Bewegung loszureißen. Aber der Kommissar, nicht weniger schnell, ergriff sie am Arm, worauf sie anfing, ihm mit der freien Hand das Gesicht zu zerkratzen.

»Na, na. Ruhig jetzt...«

»Lassen Sie mich los! Ich sage, Sie sollen mich loslassen! Sie sind ein Dreckskerl! Sie wollten, daß ich mich ausziehe! Sie haben meinen Rock hochgehoben! Und weil ich mir das nicht hab' gefallen lassen, rächen Sie sich jetzt!«

Türen öffneten sich. Man sah bestürzte Gesichter; nur Maigret blieb gelassen und hielt das junge Mädchen weiter am Arm fest. »Werden Sie wohl still sein!«

»Sie haben kein Recht, mich mitzunehmen! Ich hab' nichts getan! Ich will zum Bahnhof!«

Er zog sie zur Treppe; sie gab aber noch nicht auf und kreischte: »Hilfe! Ich hab' nichts getan! Ich werde mißhandelt!«

Vielleicht erwartete sie, daß die Leute, die nicht genau Bescheid wußten, etwas unternehmen würden. Das kommt ja öfter vor als man denkt. War doch Maigret zu Beginn seiner Laufbahn einmal windelweich geprügelt worden, weil ein Taschendieb, den er am Ausgang eines Warenhauses festgenommen hatte, plötzlich angefangen hatte zu schreien: »Haltet den Dieb!«

Es standen eine Menge Leute vor dem Hotel ›L'Etoile du Nord‹. Der Kommissar hatte vorsichtshalber ein Taxi kommen lassen. Trotzdem mußte ihm ein junger Polizist helfen, das Mädchen festzuhalten, das sich immer noch wehrte und versuchte, sich auf den Boden zu werfen.

Endlich schlug die Wagentür zu. Maigret rückte seinen Hut zurecht und sah seine keuchende Begleiterin von der Seite an. »So ein dummes kleines Biest wie Sie habe ich selten gesehen!« stellte er fest.

»Und ich, ich habe noch nie einen so brutalen Kerl gesehen wie Sie einer sind!«

Ein komisches Mädchen! Als er sie zum erstenmal gesehen hatte, auf der Treppe, blutjung und zart in ihrem dunkelblauen Kostüm, hatte er sie für ein junges Mädchen aus gutem Hause gehalten. In ihrem Zimmer hingegen war sie zynisch und aggressiv wie eine Straßendirne gewesen.

Jetzt änderte sie ihr Verhalten abermals und sagte wegwerfend: »Wenn Sie der berühmte Maigret sind, so kann ich Ihnen nicht gratulieren. Ich habe Sie nämlich für schlauer gehalten!«

Er zündete seine Pfeife, die längst ausgegangen war, wieder an.

Sie seufzte: »Ich kann den Rauch nicht ausstehen!«

»Das hindert Sie aber offenbar nicht daran, Zigaretten in Ihrer Handtasche zu haben!« gab er zurück.

»Das ist mein Rauch. Ich kann nur den Ihren nicht leiden!«

Trotzdem rauchte er, wobei er sie weiterhin verstohlen musterte. Es war ihr nämlich durchaus zuzutrauen, daß sie die Wagentür öffnete und auf die Straße sprang.

»Seit wann?« fragte er plötzlich.

»Was?«

»Seit wann üben Sie diesen Beruf aus?«

Ihm war, als gleite ein flüchtiges Lächeln über die schmalen Lippen.

»Geht Sie das was an?«

»Wie Sie wollen. In meinem Büro werden Sie zweifellos vernünftiger sein.«

»Werden Sie dann wieder versuchen, meinen Strumpfgürtel zu sehen?«

»Wer weiß?«

Es regnete noch immer. Die Straßen von Paris hatten sich belebt. Durch die Hallen mußten sie langsamer fahren. Endlich erreichten sie den Quai des Orfèvres.

Maigret wußte noch nicht, ob er froh war oder nicht, heute morgen den Anruf entgegengenommen zu haben. Auf jeden Fall interessierte ihn das kleine Phänomen, das da stocksteif neben ihm saß.

Der Kampf zwischen den beiden hatte begonnen, ein seltsamer Kampf, in dem es aussah, als sei von beiden Seiten so etwas wie Neugier vorhanden.

»Ich nehme an, daß Sie mich stundenlang verhören, ohne mir zu essen oder zu trinken zu geben? So machen Sie es doch, oder?«

»Wer weiß«, wiederholte er.

»Ich sage Ihnen lieber gleich, daß mir das keine Angst macht. Ich habe mir nichts vorzuwerfen. Alles, was Sie mir antun, wird eines Tages auf Sie zurückfallen.«

»Schon gut.«

»Was haben Sie gegen mich?«

»Das weiß ich noch nicht.«

»Dann lassen Sie mich doch gehen. Das wäre viel klüger von Ihnen.«

Das Taxi hielt im Hof der Kriminalpolizei, und Maigret stieg aus. Er wollte gerade die Brieftasche herausziehen, um die Fahrt zu bezahlen, als sein Blick sich mit dem des Mädchens kreuzte. Er begriff, daß sie auf diesen Augenblick gewartet hatte, um einen letzten Fluchtversuch zu wagen, und sagte zum Fahrer: »Ich lasse Ihnen das Geld herunterbringen.«

Das »Große Haus« hatte sich bevölkert. Aus den meisten Büros hörte man Stimmen. Maigret öffnete die Tür zu dem seinen, ließ Céline Germain hineingehen, schloß die Tür von außen ab und ließ sich beim Chef anmelden.

Sie diskutierten etwa zehn Minuten lang über den Fall und wurden sich einig. Danach blieb Maigret bei dem Bürodiener stehen und sagte: »Laß Kaffee und Croissants für zwei Personen heraufbringen.«

Er öffnete die Tür zu seinem Büro und blieb einen Augenblick lang unbeweglich stehen, betrachtete die zerrissenen oder zerknitterten Papiere auf dem Fußboden, sah die zerbrochene Fensterscheibe und die Büste der Republik, die bisher den Kamin geziert hatte und jetzt in zwei Stücke zerschlagen am Boden lag.

Das junge Mädchen saß in Maigrets Sessel und sah ihn herausfordernd an. »Ich hatte Sie gewarnt!« sagte sie. »Und ich mache Sie darauf aufmerksam, daß das noch nicht alles ist!«

2

Dies war zweifellos das enttäuschendste Verhör in Maigrets Laufbahn. Es spielte sich vom Anfang bis zum Ende unter außergewöhnlichen Bedingungen ab, inmitten einer chaotischen Unordnung, inmitten am Boden liegender zerrissener Papiere und Gipsstücke, über die der Kommissar absichtlich hinwegsah.

Dazu kam noch, daß Maigret nicht geschlafen hatte, was wahrscheinlich auch auf seine Besucherin zutraf. So daß sie beide bleich waren, erschöpft und mit fiebrig glänzenden Augen, wie das der Fall zu sein pflegt, wenn man am Vortag sehr spät zu Bett gegangen war.

Als Maigret sein Büro betreten hatte, war er, ohne mit der Wimper zu zucken, auf seinen Sessel zugesteuert, hatte das junge Mädchen am Arm ergriffen und gemurmelt: »Sie gestatten?« Sie war aufgestanden, wohl weil sie spürte, daß er das letzte Wort haben würde, und hatte sich auf den Platz gesetzt, den er ihr zugewiesen hatte, gegenüber dem Fenster, durch das grelles Licht auf sie fiel, das ebenso unerbittlich war wie ein Blitzlicht. Wartete sie darauf, daß er etwas sagte? Wenn ja, mußte sie von seinem Verhalten ziemlich verwirrt sein, denn der Kommissar begann sich mit pedantischer Sorgfalt eine Pfeife zu stopfen. Dann stocherte er im Ofen, um das Feuer anzufachen, spitzte einen Bleistift und öffnete schließlich dem Kellner, der das Frühstück für zwei brachte.

»Haben Sie Lust darauf?« murmelte er in Richtung seiner Gefangenen.

»Ist keine Milch da?« gab sie mißmutig zurück.

»Ich dachte, schwarzer Kaffee würde Sie eher wachhalten.«

»Ich kann Kaffee ohne Milch nicht ausstehen.«

»Dann trinken Sie ihn eben nicht.«

Sie trank ihn trotzdem und versuchte, sich an die Gelassenheit ihres Gesprächspartners zu gewöhnen, in der etwas Drohendes lag. Nachdem sich Maigret gestärkt hatte, griff er zum Telefon.

»Hallo! Verbinden Sie mich mit der Bereitschaftspolizei von Orléans.«

Und als er die Verbindung bekommen hatte: »Hier Maigret. Könnten Sie mir eine halbamtliche Information durchgeben? Ich würde Ihnen notfalls ein Rechtshilfe-Ersuchen schicken. Es handelt sich um eine gewisse Céline Germain, die in Ihrer Stadt wohnt, in der Rue des Saules...«

Er hatte den Eindruck, daß ein kurzes Lächeln die Lippen des Mädchens umspielte. Im gleichen Augenblick runzelte er die Brauen. »Wie? Sind Sie sicher? Auch nicht in einem Vorort von Orléans?«

Er legte auf und ließ seinen Blick eine ganze Weile lang auf Céline Germains Gesicht ruhen. Schließlich seufzte er:

»Wo wohnst du?«

»Nirgends!«

»Wo hast du Georges Bompard kennengelernt?«

»Auf der Straße!«

Von diesem Augenblick an war der Kampf im Gange, und jeder beobachtete den andern mit zum Zerreißen gespannten Nerven, während hinter den Fenstern immer noch der Regen fiel und man ab und zu die

Sirene eines Schleppdampfers hörte, der unter dem Brückenbogen hindurchfuhr.

»Welche Straße war das?«

»Am Montmartre.«

»Bist du dort auf den Strich gegangen?«

»Na und?«

»Wie spät war es?«

»Ich weiß es nicht.«

»Bist du mit ihm ins Hotel gegangen?«

Sie zögerte, begriff, daß er wußte, daß ihr Begleiter allein gekommen war, und erklärte: »Ich bin kurz vor ihm hineingegangen und habe ein Zimmer genommen. Er wollte es so.«

»Wo bist du geboren?«

»Das geht niemand etwas an.«

»Hast du Schwierigkeiten mit der Sittenpolizei gehabt?«

In diesem Augenblick klopfte es an der Tür. Inspektor Janvier zögerte, weil er nicht wußte, ob er sprechen konnte, und Maigret bedeutete ihm, sich keinen Zwang anzutun.

»Ich komme von der Rue de Miromesnil, wo ich nicht viel gefunden habe. Georges Bompard bewohnt dort seit fünfzehn Jahren eine kleine Zweizimmerwohnung im fünften Stock. Die Wohnung geht auf den Hof hinaus, und die Miete beträgt zweitausendfünfhundert Franc. Die Concierge behauptet, daß er fast nie zu Hause war, weil er als Handelsreisender andauernd unterwegs ist.«

Maigret spürte, daß das Mädchen die Brauen runzelte und im Begriff war, etwas zu sagen, aber das dauerte nur einen Augenblick. Gleich darauf trug sie wieder ihre gleichgültige Miene zur Schau.

»Mach weiter.«

»Das ist alles. Bompard hat seine Wohnung gestern morgen verlassen.«

»Hatte er keinen Anruf bekommen?«

»Er hat kein Telefon.«

»Sonst gibt es nichts?«

»Nichts. Außer einem rein persönlichen Eindruck. Den Frauenfotos nach zu schließen, die fast alle Wände bedecken, ist er kein Kind von Traurigkeit gewesen.«

»Das Foto von der da hast du nicht gesehen?«

»Ich versuche mich zu erinnern. Ich glaube nicht...«

»Fahr hin und bring mir alle Fotos und Briefe, wenn welche da sind.«

Als Janvier gegangen war, machte sich Maigret geduldig wieder mit dem Feuer zu schaffen, fuhr sich dann mit der Hand über die Stirn und gähnte.

»Alles in allem behauptest du, nichts zu wissen. Du heißt Cécile Germain und gehst auf den Strich. Bompard hat dich auf der Straße angesprochen und ist mit dir ins Hotel gegangen.«

»Nicht gleich. Vorher sind wir noch tanzen gegangen, in Nachtlokale.«

»Und als ihr im Hotel wart?«

»Ich bin zu ihm auf sein Zimmer gegangen, wie es abgemacht war. Wir sind zu Bett gegangen.«

»Ich weiß! Eine Nachbarin hat gehört, wie...«

»Das muß ja eine lasterhafte Person sein, die wieder aufsteht, nur um zu lauschen! Vielleicht hat sie auch durchs Schlüsselloch geschaut!«

»Und dann? Ist jemand ins Zimmer gekommen?«

»Ich weiß es nicht. Ich ging in mein Zimmer zurück.«

»Im Hemd?«

»Ich hatte mich notdürftig wieder angezogen. Dabei muß ich einen Strumpf unterm Bett vergessen haben. Ich hab' keine Schreie gehört. Ich bin nur aufgewacht, weil ich Schritte auf dem Korridor gehört hab' und auch das Öffnen und Schließen von Türen. Als mir klar wurde, was passiert war, habe ich mir gleich gedacht, daß man mich wohl vor Gericht stellen würde, und wollte verschwinden. Daran haben Sie mich dann gehindert. Mir ist der Strumpf eingefallen, und ich habe den anderen in den Ausguß des Waschbeckens gestopft. Genügt Ihnen das?«

Maigret stand auf, setzte den Hut auf, zog aber den Mantel nicht an, öffnete die Tür und sagte nur: »Komm!«

Er durchquerte mit ihr zahlreiche Korridore, wobei er sie nicht aus den Augen ließ. Sie stiegen enge Treppen hinauf und kamen schließlich zum Erkennungsdienst, wo alle die Männer und Frauen, die im Laufe der Nacht festgenommen worden waren, gemessen und untersucht wurden.

Um diese Zeit waren gerade die Frauen dran. Es waren noch etwa zwanzig da, die meisten von ihnen billige Prostituierte, die die Formalitäten schon auswendig kannten und sich von selber auszogen, ohne daß man sie dazu auffordern mußte.

Wer Maigret nicht kannte, hätte ihn in diesem Augenblick für einen dicken Mann gehalten, der ohne Überzeugung einen x-beliebigen Beruf ausübte.

»Zieh dich aus«, seufzte er und zündete seine Pfeife wieder an. Er mußte jedoch den Kopf abwenden, damit seine Gefangene das seltsame Lächeln nicht sah, das seine Lippen umspielte.

»Mich ganz nackt ausziehen?«

»Na klar!«

Er erriet ihren inneren Konflikt. Er wartete, nicht ohne eine gewisse Angst. Schließlich riß sie sich buchstäblich zuerst die Kostümjacke, dann die Bluse aus cremefarbener Seide vom Leib und setzte sich hin, um die Schuhe auszuziehen.

Als Maigret den Blick senkte, stellte er fest, daß Célines Hände zitterten, und um ein Haar hätte er ihr diese Prüfung erspart.

»Du behauptest nach wie vor, daß du auf der Straße auf Kundenfang ausgehst, nicht wahr?«

Sie nickte mit starrem Blick und zusammengebissenen Zähnen und ließ ihren Rock zu Boden fallen, während man unter der Bluse zwei kleine, stramme Brüste sah.

»Stell dich jetzt hinten an. Man wird dich untersuchen.«

Mit einer scheinbar mechanischen Geste raffte er ihre Kleider zusammen und brachte sie ins angrenzende Büro. Es war das Laboratorium, wo Spezialisten inmitten von Reagenzgläsern und Projektionsapparaten peinlich genaue Untersuchungen anstellten.

»Sag mal, Eloi, was hältst du von den Klamotten?«

Ein großer junger Mann nahm das Kostüm in die Hand und befühlte es mit Kennermiene, wobei er zunächst das Etikett ansah.

»Es stammt aus einem Geschäft in Bordeaux. Hervorragender Stoff, guter Schnitt. Das Kostüm einer jungen Dame aus gutem Hause.«

»Ich danke dir.«

Als er zu den Frauen zurückkam, hörte er, daß eine lautstarke Auseinandersetzung im Gange war. Kurz darauf kam der Fotograf vom Erkennungsdienst und erklärte: »Es ist nichts zu machen. Jedesmal, wenn ich eine Aufnahme machen will, schließt sie die Augen, bläst eine Wange auf, verzerrt den Mund, kurz, sie tut alles, um sich unkenntlich zu machen.«

»Sie soll sich wieder anziehen!« sagte Maigret ein wenig müde. »Natürlich auch keine Karte mit ihren Fingerabdrücken gefunden, wie?«

»Nein. Sie hat nie etwas mit der Polizei zu tun gehabt. Ah, da kommt ja der Arzt. Er sucht Sie...«

Es war ein junger Arzt, den Maigret gut kannte. Die beiden Männer unterhielten sich lange mit leiser Stimme in einer Ecke. Als sie fertig waren, erschien das junge Mädchen im Kostüm, mit starrem Blick und so blaß, daß der Kommissar Mitleid mit ihr empfand.

»Haben Sie sich entschlossen zu reden?«

»Ich habe nichts zu sagen.«

Sie waren wieder in Maigrets Büro. Seltsamerweise hatte sich zwischen dem Kommissar und dem jungen Mädchen etwas wie Vertraulichkeit eingestellt. Wenn sie einander auch nicht als Freunde betrachteten – ganz im Gegenteil –, so waren sie einander auch nicht fremd.

»Wissen Sie, was mir der Arzt gesagt hat?«

Sie wurde rot. Es fehlte nicht viel, und sie wäre in Tränen ausgebrochen.

»Ich nehme an, Sie wissen, was ich meine? Es ist noch keinen Monat her, daß...«

»Schweigen Sie!«

»Sie geben also zu, daß Sie vor weniger als einem Monat noch ein Mädchen im wahrsten Sinne des Wortes waren. Ich wünschte, Sie würden auch zugeben, daß Sie mir nicht Ihren richtigen Namen genannt haben.«

Sie versuchte, ironisch zu werden: »Was macht das schon aus, wo Sie doch die Fragen, die Sie stellen, gleich selber beantworten!«

»Richtig. Ich werde die Fragen stellen und sie auch beantworten. Oder vielmehr, ich werde versuchen, die Ereignisse zu rekonstruieren. Sie wohnen in der Provinz, ich weiß noch nicht wo, aber wahrscheinlich in der Nähe von Bordeaux.«

Es entging ihm nicht, daß das Mädchen darauf mit einer gewissen Befriedigung reagierte. Also war es nicht Bordeaux!

»Sie waren ein braves kleines Mädchen und lebten wahrscheinlich bei Ihren Eltern. Da ist Georges Bompard in Ihr Leben getreten. Er hat Ihnen den Hof gemacht. Sie haben sich ihm hingegeben und sind in seinen Bann geraten.«

Sie wandte den Kopf ab. Sie hatte begriffen, daß der Kommissar nur redete, um zu sehen, wie sie reagierte.

»Schreiben Sie einen Kitschroman?« spottete sie, mit einer Stimme, die trotz ihrer Anstrengungen nicht ordinär klingen wollte.

»Beinahe, zumal wir jetzt zur Trennungsszene kommen...«

»Das heißt, Georges verkündet mir, daß wir uns

trennen müssen, worauf ich ihn töte und das Messer verstecke. Ach übrigens: Wo hätte ich das Messer wohl verstecken können?«

»Pardon! Wer hat Ihnen gesagt, daß er erstochen worden ist?«

»Aber... in den Gängen des Hotels... Es wurde darüber gesprochen...«

»In diesem Fall, weil Sie doch auf einmal so redselig sind: Reden Sie ruhig weiter und sagen Sie mir, wo Sie die Waffe wirklich versteckt haben.«

»Sie halten sich wohl für sehr schlau, wie?«

»Auf jeden Fall bin ich sicher, daß Sie sehr stark sind! So stark, daß Sie heute morgen lieber die Untersuchung und die Gesellschaft der Straßenmädchen auf sich nahmen als zu gestehen, daß Sie gelogen hatten, als Sie behaupteten, Sie gingen auf den Strich.«

»Sie sind naiv!«

»Warum?«

»Weil die Tatsache, daß ich vor einem Monat noch unberührt war, überhaupt nichts beweist. Werden Sie mich noch lange verhören?«

»So lange wie notwendig. Ich mache Sie darauf aufmerksam, daß vor drei Jahren ein Mann siebenunddreißig Stunden lang auf dem Stuhl gesessen ist, auf dem Sie jetzt sitzen. Er war als Zeuge hier hereingekommen. Er ist mit Handschellen hinausgegangen und befindet sich jetzt in Guyana.«

Ein verächtlicher Zug umspielte ihren Mund.

»Wie Sie wollen«, sagte sie. »Ich warte also geduldig auf Ihre Fragen. Sie haben damit begonnen, meinen Strumpfgürtel zu betasten. Dann haben Sie Mittel und

Wege gefunden, mich splitternackt zu sehen. Ich frage mich, ob Sie im Grunde genommen nicht ein dicker Lüstling sind.«

Maigret gab keine Antwort, sprach aber – vielleicht um sie zu bestrafen – eine Viertelstunde lang kein Wort mit ihr, während er in belanglosen Papieren kramte.

»Wie viel hat Ihnen Bompard für die Nacht gegeben?« fragte er, indem er plötzlich den Kopf hob. »Da er Sie ja auf der Straße aufgelesen hat, ist es nur logisch, daß...«

»Daß er mich bezahlte! Er hat mir tausend Franc gegeben.«

»Tatsächlich befindet sich ein Tausendfranc-Schein in Ihrer Handtasche. Waren Sie von Ihren anderen Kunden her an so viel Großzügigkeit gewöhnt?«

»Das hängt davon ab, welche Art Kunden es waren.«

In Augenblicken wie diesem hätte ihr Maigret gern eine Ohrfeige gegeben. Die berühmtesten Verbrecher der letzten dreißig Jahre waren in diesem Büro gewesen. Einer von ihnen, ein ehemaliger Jurist, der auf tragische Weise zum Verbrecher geworden war, hatte sich so gerissen gezeigt, daß der Kommissar mehrmals hatte hinausgehen müssen, um seine Wut zu verbergen.

Hier aber hatte er schließlich nur ein halbes Kind vor sich! Sie hatte behauptet, neunzehn Jahre alt zu sein, und er wäre nicht überrascht gewesen, wenn man ihm gesagt hätte, sie sei erst siebzehn.

Ihr Tête-à-tête dauerte nun schon Stunden, und er hatte nichts aus ihr herausbekommen, nicht einmal ihren Namen oder ihre Herkunft. Sie log schamlos und versuchte kaum, es zu verbergen. Oder, besser gesagt, sie schien damit sagen zu wollen: ›Es ist nicht meine Aufgabe, Ihnen die Wahrheit zu sagen, nicht wahr? Es ist an Ihnen, sie zu entdecken!‹

Janvier war mit einem Haufen Fotos aus der Rue de Miromesnil zurückgekommen, von denen einige mehr als zweideutig waren. Maigret hatte sie eins nach dem anderen betrachtet, langsam und eingehend, wobei ihm die kalte Wut seiner Gesprächspartnerin nicht entgangen war.

»Eifersüchtig?« hatte er sie gefragt.

»Auf den Kunden einer einzigen Nacht?«

Wie dem auch sein mochte: Kein einziges Foto wies eine Ähnlichkeit mit Céline auf, und die Informationen über Bompard waren eher dürftig.

Man hatte die Firma gefunden, bei der er angestellt war: ein Musikverlag am Boulevard Malesherbes. Der Verleger hatte auf diesbezügliche Fragen geantwortet:

»Bompard war ein eigenartiger Mensch, den ich nur selten zu Gesicht bekam. Er war ein erstklassiger Vertreter, aber er hatte seine Schrullen. So änderte er zum Beispiel ständig seine Reiseroute. Er umgab sich gern mit Geheimnissen, und hier in der Firma galt er als Angeber. Manchmal ließ er durchblicken, daß er aus einer berühmten Familie stamme. Er kleidete sich mit peinlicher Sorgfalt und einer Originalität, die mir bei seinem Beruf manchmal übertrieben erschien.«

Um drei Uhr nachmittags herrschte in Maigrets Büro immer noch die gleiche Unordnung. Hinzu kamen leere Biergläser auf dem Tisch und Reste von Sandwiches, und überall lagen Pfeifenasche und Zigarettenstummel herum, denn der Kommissar hatte schließlich für Céline Zigaretten holen lassen.

Alles in allem war die Situation beinahe lächerlich, und das mußte sich im Hause herumgesprochen haben, weil Kollegen unter offensichtlichen Vorwänden wiederholt den Kopf zur Tür hereinstreckten.

Im Hotel ›L'Etoile du Nord‹ führte Wachtmeister Lucas, Maigrets fähigster Mitarbeiter, vergeblich eine gründliche Untersuchung durch. Nicht nur daß das Messer unauffindbar blieb (dabei hatte man alle WCs demontiert!), es gab auch keine einzige Zeugenaussage, die auch nur das kleinste Indiz geliefert hätte.

So daß man im Grunde genommen nur eines wußte, daß nämlich eine gewisse Céline, aus der man rein gar nichts herausbekam, kurz nach drei Uhr morgens im Hotel geläutet und für den Rest der Nacht ein Zimmer verlangt hatte.

Weniger als eine Viertelstunde später war Georges Bompard, einen kleinen Koffer in der Hand, in das gleiche Hotel gekommen, und bald darauf hatte ihn Céline in seinem Zimmer besucht.

Zwei Stunden später hatte Bompard schließlich die Tür geöffnet, um Hilfe gerufen und war, von einem Messerstich mitten im Rücken verletzt, zusammengebrochen, während das junge Mädchen zu fliehen versucht hatte.

Soeben waren die Nachmittagsausgaben der Zeitungen erschienen. Auf der Titelseite brachten sie das Foto einer Céline, die unkenntlich war, so sehr hatte sie sich vor der Kamera bemüht, Grimassen zu schneiden.

»Sagen Sie mir, *mon petit,* als Bompard Sie in dieser Straße am Montmartre, deren Namen Sie vergessen haben, ansprach, hatte er da schon sein Köfferchen in der Hand?«

»Nein!«

»Sie waren in zwei Nachtlokalen. Hatte er da immer noch keinen Koffer? Als er im Hotel abgestiegen ist, hat er aber einen gehabt.«

»Wir haben ihn gemeinsam aus einem kleinen Bistro in der Nähe der Place Pigalle geholt, das die ganze Nacht offen ist. Dort hatte er ihn zur Aufbewahrung gelassen.«

»Hat er den Koffer im Hotelzimmer vor Ihnen geöffnet?«

»Nein... Ja... Ich weiß es nicht mehr.«

»Wo hat er den Tausender hergenommen?«

»Sehr wahrscheinlich aus seiner Brieftasche.«

»Sie müssen wissen, daß diese Brieftasche, als wir sie gefunden haben, leer war. Es ist also anzunehmen, daß Bompard Ihnen alles gegeben hat, was er bei sich hatte, und gerade noch soviel Kleingeld behielt, daß er am nächsten Morgen das Zimmer bezahlen konnte.«

»Das ging mich nichts an!«

Natürlich nicht. Sie hatte auf alles eine Antwort, und ihre Überlegungen entbehrten trotz aller Inkohärenz nicht einer gewissen Logik. Was sollte er noch tun, um sie aus der Fassung zu bringen? Sollte er es mit der sanften Tour versuchen? Maigret war in Ermangelung einer besseren Lösung dazu bereit und setzte seine gutmütigste Miene auf. »Finden Sie nicht, daß wir uns langsam, aber sicher alle beide lächerlich machen? Ich für mein

Teil versuche, Sie zu dem Geständnis zu bewegen, daß Sie Bompard getötet haben, was vielleicht gar nicht stimmt. Sie wiederum behaupten hartnäckig, Sie wüßten nichts, und dabei wissen Sie etwas...«

»Dann wäre ich ja im Vorteil!« bemerkte sie.

»Nun ja, das stimmt. Nur: Es wird nicht lange währen. Lucas hat mich soeben angerufen; er ist auf einer heißen Spur. Von einer Stunde zur anderen wird sich die Situation ins Gegenteil verkehren, und dann wird es schlimm für Sie aussehen. Lassen Sie uns doch einmal in Ruhe überlegen. Unterbrechen Sie mich, wenn ich etwas Falsches sage. Zunächst eine Tatsache, an der es nichts zu rütteln gibt: Bompard ist erstochen worden. Nun ist es jedoch unwahrscheinlich, es sei denn, man glaubt an einen vorsätzlichen Mord, daß Sie ein so großes Messer in Ihrer Handtasche hatten. Ebenso unwahrscheinlich ist es, daß eins auf dem Tisch lag. Und der kleine Koffer, in dem eins hätte sein können, war verschlossen.«

»Das habe ich nie behauptet!«

»Na und wenn schon. Offen oder verschlossen, das ist nicht so wichtig. Tatsache ist, daß eine Frau von Ihrem Kaliber es nur selten riskiert, mit dem Messer zu spielen. Wenn Sie die Absicht gehabt hätten, einen treulosen Liebhaber oder einen zynischen Verführer zu töten, so hätten Sie sich einen Revolver besorgt. Also haben Sie Bompard nicht getötet.

Es ist demnach anzunehmen, daß jemand von draußen gekommen ist, und ich werde Ihnen beweisen, daß dieser Jemand nur gekommen sein kann, als Sie noch da waren.«

Sie war aufgestanden und hatte die Stirn ans Fenster gepreßt, während sich die Dämmerung auf ein regennasses Paris herabsenkte.

»Vor allem hätten Sie, wenn Sie nach dem Liebesspiel, das mich nichts angeht, in aller Ruhe weggegangen wären, kaum einen Ihrer Strümpfe unter dem Bett vergessen. Sie hätten Ihre Sachen schön ordentlich zusammengesucht, weil Sie eine vernünftige, ruhige kleine Frau sind.«

Er sagte es ironisch, weil er im gleichen Augenblick sah, daß ihr ein Frösteln über den Rücken lief.

»Hören Sie mir zu, Céline? Zweitens hat man Bompard das Messer in den Rücken gestoßen, was darauf hinweist, daß er, als der Mörder auftauchte, entweder mit einer dritten Person beschäftigt war – mit Ihnen – oder daß er dem Mörder gegenüber nicht mißtrauisch genug war.

Das wäre also ungefähr das Resultat einer streng logischen Überlegung. Und jetzt will ich Ihnen einen Rat geben, in Ihrem Interesse: Reden Sie so schnell wie möglich! Sie wollen mir vormachen, daß Sie den Beruf einer Prostituierten ausüben, um nicht ein gröberes Wort zu gebrauchen. Wenn ich mich davon überzeugen ließe, würde ich Ihnen zweifellos zu verstehen geben, daß Sie in diesem Fall höchstwahrscheinlich einen Geliebten haben, einen dieser festen Freunde, die man ebenfalls mit einem anderen Namen bezeichnet... Dieser Geliebte könnte, als er Sie mit einem reich aussehenden Mann ins Hotel gehen sah, auf die Idee gekommen sein, ihn zu berauben. Konnten Sie mir folgen? Und verstehen Sie endlich, daß es in Ihrem Interesse ist, mir klar und ohne Umschweife zu sagen, was Sie gesehen haben?«

Es entstand ein langes Schweigen. Das Mädchen sah immer noch aus dem Fenster. Maigret lauerte – allerdings ohne viel Hoffnung – auf die geringste ihrer Reaktionen.

Endlich wandte sie sich um, so bleich wie am Morgen, als sie den Erkennungsdienst verlassen hatte. Sie setzte sich müde auf ihren Stuhl und schob mit dem Fuß die Papiere beiseite, die verstreut auf dem Boden lagen.

»Ist das alles?« seufzte sie.

»Warum gestehen Sie nicht jetzt, was Sie in ein oder zwei Stunden ohnehin werden gestehen müssen?«

Ein bitteres Lächeln verzog ihre Lippen und sie fragte wegwerfend: »Glauben Sie?«

Man hätte meinen können, sie sei besiegt, hätte sich endlich zum Reden entschlossen. Sie saß da, mit übereinandergeschlagenen Beinen, die gefalteten Hände auf den Knien, den Blick auf den Fußboden gesenkt. Maigret wagte sich nicht zu rühren, aus Angst, sie zu beeinflussen.

Endlich schüttelte sie sich, suchte die Zigaretten auf dem Schreibtisch und nahm eine, die sie mit einer wohlvertrauten Geste anzündete.

»Sie haben einen komischen Beruf!« stellte sie fest. »Ist Ihnen das nicht ein bißchen peinlich?«

Er zuckte nicht mit der Wimper.

»Halten Sie das für sehr schlau, was Sie da alles erzählt haben? Und glauben Sie wirklich etwas von mir zu wissen?«

»Ich glaube, daß ich bald etwas wissen werde«, sagte er in eindringlichem Ton.

»Was Sie nicht sagen!«

Es war entmutigend. Sie änderte sich von einer Stunde zur anderen. Jetzt klang ihre Stimme wieder wie heute morgen, als sie von ihrem Leben als Dirne erzählt hatte.

»Führen Sie Ihre Untersuchungen immer auf diese Art durch?«

Maigret fühlte keinen Ärger. Er war vielmehr erregt, weil er endlich eine verhaltene Angst in ihr spürte, eine Verzweiflung, die die schwache Barriere ihres Willens vielleicht niederreißen würde.

»Hören Sie, Cécile...«

»Ich heiße nicht Cécile!«

»Ich weiß.«

»Sie wissen gar nichts! Sie werden auch nichts erfahren! Und wenn Sie unglücklicherweise doch etwas erfahren sollten, so wird dieses Wissen Ihr Gewissen belasten. Lassen Sie mich jetzt ruhig ins Gefängnis bringen, wenn Ihnen das Spaß macht. Geben Sie den Journalisten Interviews. Sie werden mehrspaltige Artikel über das Mädchen schreiben, das seinen Namen nicht sagen will.«

»Was haben Sie in Bordeaux gemacht?«

»Wann?« rief sie aus, indem sie zusammenzuckte.

»Vor nicht allzu langer Zeit. Ich werde Ihnen das genaue Datum gleich nennen. Ihrem Akzent nach zu schließen, stammen Sie auf keinen Fall aus dem Süden und auch nicht aus dem Südwesten. Und dennoch...«

Sie seufzte, von einer Müdigkeit übermannt, die

nicht gespielt war: »Ich kann nicht mehr. Wenn Sie mich ins Gefängnis stecken, kann ich dort vielleicht wenigstens schlafen?«

»Sie können schlafen, sobald Sie erzählt haben…«

»Soll das eine Erpressung sein?«

Er verlor die Fassung und stieß hervor:

»Aber nein, Sie dummes Ding! Begreifen Sie nicht, daß ich das nur für Sie tue? Wissen Sie nicht, daß Sie, sobald Sie diese Schwelle überschritten haben, eine Angeklagte sind, deren Schicksal nur noch von der Staatsanwaltschaft abhängt? Haben Sie gesehen, daß ich mir auch nur eine einzige Notiz gemacht habe? Haben Sie gesehen, daß ich ein Protokoll von diesem Verhör aufgenommen habe?«

Sie musterte ihn neugierig.

»So lange Sie hier sind, verstehen Sie…«

Aber er sprach den Satz nicht zu Ende. Er hatte schon zuviel gesagt. Er hätte sie verprügeln mögen wie ein kleines, unfolgsames Mädchen, und dann wieder…

»Sollen wir noch einmal von vorn anfangen? Soll ich Ihnen beweisen, daß Ihre Methode nicht die richtige ist?«

Sie schaute zu ihm auf und sagte:

»Ich weiß es!«

»Nun?«

»Nun, es geht nicht anders. Ich kann wirklich nicht mehr. Wenn ich mich auf den Boden legen dürfte, ich würde schlafen…«

Das Telefon läutete, und Maigret drehte dem Mädchen den Rücken zu. Sie legte sich wirklich auf den Fußboden und schloß die Augen.

3

»Hallo! Bist du's? Hast du noch im Büro zu tun? Der Elektriker ist hier und fragt, ob er auch im Werkzeugschuppen eine elektrische Leitung legen soll.«

Madame Maigret rief von da unten an, aus Meung-sur-Loire, wo das kleine renovierte Haus den Kommissar in achtundvierzig Stunden erwartete.

»Wie ist das Wetter?« fragte er.

»Trocken. Sehr windig.«

In Paris regnete es noch immer, und Maigret hätte es gern gehabt, wenn der Wind von der Loire gekommen wäre und die gespannte, ungesunde Atmosphäre aus seinem Büro weggefegt hätte, in dem seit Stunden ein zermürbender Kampf ausgefochten wurde.

Den Hörer am Ohr ließ er seinen Blick auf dem rätselhaften Wesen ruhen, das ihm mit jener unwahrscheinlichen Energie standhielt, deren nur Frauen – und nur einige Frauen – fähig sind, und das log, wie nur junge Mädchen zu lügen verstehen.

»Ja, ich höre.«

»Kann ich noch einen Augenblick mit dir sprechen? Der Elektriker will noch wissen, ob er an der Haustür eine Klingel anbringen soll. Ich finde eigentlich, daß der Klopfer genügt.«

»Na klar!«

Doch sein »Na klar!« bezog sich nicht nur auf die Haustür und die Klingel des Hauses von Meung. Er hörte gar nicht mehr zu. Er konnte es gar nicht erwarten, aufzulegen und sich mit etwas anderem zu befassen. Vage antwortete er:

»Ja. Gut. Mach es, wie du willst. Genau. Gute Nacht, Chérie…«

Das Wort »Chérie« genügte, um den neugierigen Blick des Mädchens auf sich zu lenken. Eine Frau bleibt eben eine Frau, trotz tragischer Umstände.

Gottlob… Maigret fühlte sich wie befreit. Es schien ihm, als stände er endlich vor einer Lösung, nachdem er sich lange im Kreis gedreht hatte, ohne einen Ausweg zu finden. Er hatte sein Urteilsvermögen wiedergefunden. Es war ein Fehler gewesen, mit diesem jungen Ding allzu lange in einer geradezu erstickenden Atmosphäre zu bleiben.

»Hallo. Ist Lucas zurück? Er soll sofort zu mir heraufkommen. Ja, mit sämtlichen Protokollen der Affäre vom Hotel ›L'Etoile du Nord‹.«

Dann stopfte er sich eine Pfeife, trank einen Schluck Bier und ging zum Fenster, das er trotz des Regens einen Spalt weit öffnete.

»Nur einen Augenblick, damit frische Luft hereinkommt«, entschuldigte er sich.

Zwar hatte er den Mörder von Georges Bompard nicht gefunden, und der Gedanke, der ihm soeben gekommen war, hatte nichts Sensationelles an sich. Er genügte jedoch, um ihn aus dem Teufelskreis zu entlassen, in dem er gefangen gewesen war.

Seine Überlegung war folgende: Als das Verbrechen begangen worden war, befand sich im Erdgeschoß ein Nachtportier, ohne dessen Zutun niemand das Hotel verlassen konnte. Der Nachtportier hatte jedoch erklärt, niemandem die Tür geöffnet und seinen Posten nicht verlassen zu haben.

Andererseits war der Hotelbesitzer im ersten Stock schon aufgestanden und seinen Aussagen zufolge gerade dabeigewesen, seine Hose anzuziehen. Als er die Hilferufe gehört hatte, war er sofort in den ersten Stock geeilt.

Wenn man also annahm, wie Maigret es tat, daß das junge Mädchen nicht die Mörderin war... Wenn man weiter annahm, daß sie dem Drama beigewohnt hatte und nun aus einem zwingenden Grund schwieg...

Lucas kam herein, einen Stoß Papiere in der Hand.

»Komm herein! Setz dich! Hast du die Aussage des Nachtportiers?« Er las mit halblauter Stimme, wobei sich seine Lippen kaum bewegten: »Joseph Dufieu, geboren in Moissac. Habe die Schreie aus dem ersten Stock fast zur gleichen Zeit gehört wie die Schritte meines Chefs auf der Treppe... Ich habe sofort das Überfallkommando benachrichtigt. Dann habe ich einen vorübergehenden Polizisten gerufen, und er hat vor dem Hotel Posten bezogen.«

Führte Maigret seine Untersuchung absichtlich in Gegenwart des jungen Mädchens fort? Auf jeden Fall spitzte sie die Ohren und ließ eine gewisse Unruhe erkennen.

»Hast du die Gäste verhört, Lucas?«

»Die Protokolle sind hier. Ich bin sicher, daß keiner von ihnen das Opfer kannte und folglich auch keinen Grund hatte, es zu attackieren.«

»Der Hotelbesitzer! Wo kommt er denn her?«

»Aus Toulouse.«

Sicher, das war alles noch vage, aber in diesem Nebel begannen sich dennoch Ideen abzuzeichnen, und

Maigret ging im Zimmer auf und ab, die Hände auf dem Rücken und die Pfeife im Mund. Er machte das Fenster wieder zu und blieb von Zeit zu Zeit vor seiner Unbekannten stehen, die von dieser Wandlung Maigrets verwirrt war.

»*Bon!* Hör genau zu, Lucas: Nimm einmal an, das hier anwesende Fräulein hat Bompard nicht getötet. Deiner Untersuchung zufolge ist aber auch keiner von den Gästen der Mörder. Nun behaupten jedoch zwei Männer, daß niemand das Hotel verlassen hat. Diese beiden Männer sind Dufieu, der Nachtportier, und der Hotelbesitzer. Der eine oder der andere könnte doch ohne weiteres ein alter Bekannter von Bompard sein, der von früher her ein Hühnchen mit ihm zu rupfen hat!«

Er unterbrach sich plötzlich, unzufrieden.

»Nein! Es ist nicht der Nachtportier, weil Bompard ihn gesehen hat, als er ankam und ihm den Meldezettel zurückgab. Er hatte Zeit genug, ihn zu erkennen. Wenn es wirklich zu einer Auseinandersetzung zwischen den beiden gekommen wäre, dann hätte sie früher stattgefunden, schon um halb vier Uhr früh.«

Warum entspannte sich das Mädchen, als sei es erleichtert? Und warum fuhr Maigret immer noch mit lauter Stimme fort zu sprechen:

»Nun zum Chef! Wollen mal sehen... Läßt er sich vom Nachtportier wecken? Nein. Er hat selbst einen Wecker. Als jemand um Hilfe rief, war er noch nicht heruntergekommen. Dufieu war gar nicht hinaufgegangen. Der Chef konnte also nicht wissen, daß Bompard in seinem Hotel war.«

Er setzte sich schwerfällig hin. Er war, wie das oft geschieht, vertrauensvoll von einer Idee ausgegangen und bemerkte jetzt, daß sie ihn in eine Sackgasse führte.

»Laß uns etwas zu trinken bringen, Lucas. Was nehmen Sie, *ma petite?*«

»Einen Kaffee!«

»Glauben Sie nicht, daß Sie schon so nervös genug sind?«

Wenn er daran dachte, daß sie mit einem einzigen Wort alles hätte aufklären können und daß sie hartnäkkig schwieg! Er sah sie voller Groll an. Er wollte die Sache zu Ende bringen, koste es, was es wolle. Er konnte sich nicht vorstellen, daß er am Ende seiner Laufbahn das Mädchen dem Richter übergeben und diesem erklären würde: »Sie ist entweder schuldig oder nicht. Seit zwölf Stunden halte ich sie jetzt im Zimmer eingeschlossen, ohne zu irgendeinem Ergebnis zu kommen.«

Was Lucas betraf, so wußte er, daß es bei solchen Gelegenheiten besser war, sich ganz klein zu machen, und nachdem er zwei Bier und den Kaffee bestellt hatte, blieb er unbeweglich in einer Ecke stehen.

»Verstehst du jetzt, Lucas? Es gibt eine Person, auf die ich gezwungenermaßen immer wieder zurückkomme, und das ist der Nachtportier. Nur er wußte, daß sich Bompard im Hotel befand. Nur er konnte den Mörder hinausgehen sehen... Warte!«

Es klopfte an der Tür. Maigret brüllte: »Nein! Ich bin nicht da! Für niemanden!«

Er hatte sich wieder erhoben und sagte jetzt erregt: »Die Liste der Gäste, schnell! Du hast doch gesagt, der

Nachtportier stammt aus Moissac? Und der Hotelbesitzer aus Toulouse? Sehen wir uns jetzt mal die Gäste an... London... Amiens... Compiègne... Marseille... Mercy-le-Haut... Nicht einer aus Moissac, und kein einziger aus Toulouse!«

Er hatte diese Worte kaum ausgesprochen, als er sich dem jungen Mädchen zuwandte, ihren ängstlichen Blick auffing und sah, daß ihre kleinen Zähne nervös an ihrer Unterlippe nagten.

»Errätst du, worauf ich hinauswill, Lucas? Bompard, der, den Fotos nach zu schließen, die man bei ihm zu Hause gefunden hat, immer Glück zu haben scheint, steigt in irgendeinem Hotel gegenüber der Gare du Nord ab. Jemand erkennt ihn, jemand, der allen Grund hat, auf ihn böse zu sein. Das dickköpfige junge Ding da kennt diesen Jemand ebenfalls, weil sie nichts sagt, weil sie lieber irgend etwas erfindet, als daß sie die Wahrheit sagt. Wir sind auf einer heißen Spur, das fühle ich. Wir, verdammt nochmal...«

Er wiederholte träumerisch: »Moissac... Toulouse... Und das Kostüm stammt aus einem Haus in Bordeaux...«

Er nahm den Hörer ab und gab ihn Lucas. »Verlange den Musikverleger, für den Bompard gearbeitet hat. Er soll dir sagen, in welcher Gegend sein Vertreter zuletzt gewesen ist.«

In solchen Augenblicken schien Maigret zu wachsen, schien dicker und größer zu werden. Er paffte in großen Zügen, warf ab und zu einen vernichtenden Blick auf das junge Mädchen und schien sagen zu wollen: ›Na gut! Als Sie mich gesehen haben, haben Sie sich eingebildet, ich sei viel weniger schlau als manche Leute behaupten. Ein gutmütiger Dicker, nicht wahr? Ein gutmütiger Dicker, der sich von einem kleinen Mädchen entflammen läßt und der ihr befiehlt, sich auszuziehen, weil er seinen Spaß haben will. Ein sentimentaler Kerl noch dazu, der gerührt wird, die Augen verdreht und sich aufregt. Einen Augenblick, *ma petite*...‹

Und zu Lucas, der noch immer telefonierte, gewandt:

»Was sagt er?«

»Bompard soll die letzten Monate im Südwesten verbracht haben.«

»Das genügt. Leg auf!«

Er trank sein Bier in einem Zug aus, stocherte eine ganze Weile lang im Ofen und wandte sich dann, auf einmal ganz ruhig geworden, wieder um. Er sagte zu Lucas, mit einer Stimme, die so überraschend klang, daß das Mädchen nicht umhin konnte zu lächeln: »Hättest du mich nicht darauf aufmerksam machen können, daß ich ein Idiot war?«

»Aber Chef...«

»Die Hausdiener und die Zimmermädchen: Hast du sie verhört?«

»Ja, Chef. Es gibt nur zwei Zimmermädchen, die im Hotel schlafen, im sechsten Stock. Sie haben natürlich nichts gehört. Sie sind als letzte heruntergekommen, nachdem sie der Lärm aus dem Schlaf gerissen hat.«

»Wie heißen sie?«

»Da ist zunächst Berthe Martineau, neunzehn Jahre alt...«

»Woher stammt sie?«

»Ich sehe mal eben nach... Hier... aus Compiègne!«

»Und die andere?«

»Lucienne Jouffray... fünfundvierzig Jahre alt... aus... aus Moissac...«

Lucas, der ziemlich klein war, schaute zugleich verblüfft und bewundernd zum Kommissar auf.

»Hast du jetzt begriffen? Spring in ein Taxi! Bring sie mir her! Aber beeil dich, verdammt nochmal!«

Er schob den Wachtmeister zur Tür hinaus und schloß diese mit einer Geste zu, die verriet, daß er zugleich müde und glücklich war.

Er betrachtete die Fotos, eins nach dem anderen, und merkte erst jetzt, daß Bompards Geliebte lauter junge, und oft sehr junge Mädchen waren.

»Welche ist es?« fragte er in gutmütigem Ton seine Gefangene. Sie waren beide etwa gleich müde. Céline ließ die Schultern hängen. Anstatt zu antworten schüttelte sie nur den Kopf.

»Ist das Foto von Lucienne Jouffray nicht dabei?«

»Ich kann doch nichts sagen!« brachte sie endlich heraus.

»Warum nicht? Warten Sie auf diese Frau? Geben Sie zu, daß Sie aus Moissac sind!«

»Ich werde nachher reden!«

»Warum nicht jetzt?«

»Darum!«

»Wissen Sie, was ich tun würde, wenn ich eine Tochter wie Sie hätte? Ich würde ihr von Zeit zu Zeit ein paar tüchtige Ohrfeigen geben, um ihr Lebensart beizubringen. Hören Sie mal zu. Ich wette, das Ganze hat damit angefangen, daß Sie Bilder von Filmstars gesammelt haben. Nein? Dann haben Sie zu viele Romane gelesen.«

Sie berichtigte mit leiser Stimme: »Ich habe musiziert.«

Sie fuhr auf, als Maigret mit Überzeugung erklärte: »Das ist das gleiche! Sie wurden überspannt! Sie haben Georges Bompard kennengelernt. Was mich erstaunt, ist unter anderem, daß Sie sich in einen Vertreter verknallt haben.«

Wieder verbesserte sie ihn: »Er hat mir gesagt, er sei Komponist. Er spielte wunderbar Klavier.«

Die Vertrautheit zwischen ihnen war wieder da, diese seltsame Vertrautheit, die sich öfter als man denkt zwischen Polizist und Verbrecher einstellt. Das Büro war überheizt und voll Rauch. Man hörte undeutlich die Geräusche der Kriminalpolizei, Telefongespräche in den Nebenräumen und im Hintergrund das Hupen der Autos von der nahen Brücke her.

»Sie liebten ihn?« Sie gab keine Antwort und senkte den Kopf. »Sie liebten ihn ganz sicher! Und ich frage mich, ob er Sie mitgenommen hat oder ob Sie ihm gefolgt sind, ob Sie sich an ihn geklammert haben.«

Sie erwiderte einfach, indem sie zu ihm aufsah: »Ich war es, nachher.«

Er hatte begriffen. Er stand plötzlich der banalen Wirklichkeit gegenüber, die auch den scheinbar kompliziertesten Fällen zugrundeliegt.

Ein Vertreter, der junge Mädchen liebte und ihnen ein poetisch verklärtes Bild von sich zeichnete, indem er sich als großer Komponist ausgab.

Eine Provinzlerin, überspannt, wie man es mit achtzehn oder neunzehn ist, und die, nachdem sie der Versuchung erlegen ist, um ihr Glück kämpfen will...

»Hat er Sie nach Paris mitgenommen?«

»Nein, ich bin ihm nachgefahren.«

»Hatte er Ihnen seine Adresse gegeben?«

»Nein. Er gab sich gern geheimnisvoll. Aber er hatte mir erzählt, er verkehre in einem bestimmten Café am Boulevard Saint-Germain. Dort habe ich ihn getroffen. Ich hatte kein Gepäck, und er ist seinen Koffer holen gegangen. Er hat mich gebeten, ein paar Tage im Hotel zu bleiben. Danach hätte er keine Verpflichtungen mehr und könne sich ganz mir widmen.«

Am Morgen, als sie versucht hatte, sich als kleine Abenteurerin auszugeben, hätte ihr Maigret beinahe geglaubt, so perfekt hatte sie ihre Rolle gespielt. Im Laufe des Tages hatte er sie nacheinander ganz als Kind und ganz als Frau erlebt, trotzig und niedergeschlagen, böse und mutlos.

»Ihr Inspektor braucht aber lange«, bemerkte sie plötzlich, indem sie auf ihre Armbanduhr sah.

»Er ist Wachtmeister.«

»Ich kenne mich da nicht aus.«

»Sind Sie schon lange von Moissac weg?«

»Ich sage gar nichts.«

»Kannten Sie den Nachtportier Dufieu?«

»Ich werde reden, sobald der Wachtmeister wieder da ist.«

»Sie glauben also, daß Lucienne Jouffroy auf und davon ist?«

»Ich weiß es nicht. Lassen Sie mir bitte noch einen Kaffee heraufbringen. Ich bin todmüde.«

Er rief den Bürodiener an. Kurz darauf verlangte man ihn am Telefon.

»Was sagst du? Kann man nichts machen, mein Lieber! Das war zu erwarten. Aber ja doch, die Personenbeschreibung wird an alle Grenzen geschickt werden.«

Er wandte sich dem jungen Mädchen zu.

»Es ist Wachtmeister Lucas. Er sagt mir, daß Lucienne Jouffroy das Hotel kurz vor Mittag verlassen hat, ohne jemand davon zu verständigen.«

Dann sprach er in den Apparat: »Komm gleich zurück... Ja, genau.«

Er hängte auf und sah, daß seine Gesprächspartnerin mißtrauisch geworden war.

»Ich nehme an, daß Sie jetzt nichts mehr daran hindert, auszusagen?«

»Was beweist mir, daß Sie mich nicht belügen? Vielleicht war gar niemand am anderen Ende der Leitung?«

»Ich gratuliere Ihnen zu Ihrem Vertrauen! Nun gut, *mon petit*, wenn das so ist, brauchen wir nur auf Lucas' Rückkehr zu warten. Werden Sie ihm glauben?«

»Vielleicht.«

Jetzt waren beide aufgebracht. Eine Viertelstunde verging, ohne daß auch nur zwei Sätze gesprochen wurden. Endlich kam Lucas. Er war unruhig und ganz durcheinander.

»Ich hätte schon heute morgen dran denken sollen, Chef.«

»Wie hättest du heute morgen dran denken sollen, wo ich selber nicht daran gedacht habe? Und der Nachtportier?«

»Er ist hier, auf dem Gang draußen.«

»Was sagt er?«

»Nichts! Er behauptet, nichts zu wissen.«

»Führ ihn herein.«

Der Mann trat mit hängenden Schultern ins Zimmer und warf Maigret einen verschlagenen Blick zu.

»Wie waren eigentlich Ihre Beziehungen zu Lucienne Jouffroy?«

»Sie war meine Schwägerin.«

»Setzen Sie sich. Haben Sie keine Angst. Aber antworten Sie offen auf meine Fragen. Ihre Schwägerin hatte eine Tochter?«

»Rosine, ja.«

»Was ist aus ihr geworden?«

»Sie ist gestorben.«

»Woran?«

Lastendes Schweigen. Maigret ließ nicht locker: »Woran?«

Es war Céline, die, zum Nachtportier gewandt, murmelte: »Sie können es sagen, Joseph.«

»Sie ist an einem Eingriff gestorben, den sie hat machen lassen, weil sie schwanger war. Sie war erst sechzehn.«

»Und das ist in Moissac passiert?«

»In Moissac, vor drei Jahren.«

»Und Georges Bompard hatte da unten geschäftlich zu tun?«

»Er ist an allem schuld. Als sie zu ihm gegangen ist, um ihm zu sagen, sie sei schwanger, hat er sie zu einer Hebamme gebracht.«

»Einen Augenblick, Dufieu! Ich nehme an, daß Ihre Schwägerin, nachdem das passiert war, nach Paris gekommen ist und daß Sie es waren, der ihr den Posten als Zimmermädchen im Hotel ›L'Etoile du Nord‹ verschafft hat.«

Der andere nickte.

»Heute nacht waren sie zweifellos sehr erstaunt, als Sie um drei Uhr morgens ein junges Mädchen ins Hotel kommen sahen, ein Mädchen aus einer angesehenen Familie aus Moissac.«

»Mademoiselle Blanchon«, murmelte er.

»Die Tochter von Richter Blanchon?«

Dufieu wandte sich erschrocken dem jungen Mädchen zu, und dieses sagte laut und deutlich:

»Geneviève Blanchon, ja, Herr Kommissar. Mein Vater hat keine Ahnung. Ich habe Moissac erst gestern früh verlassen. Bompard hatte mir versprochen, mir zu schreiben, und da ich nichts von ihm gehört hatte...«

»Einen Augenblick bitte. Dufieu, Sie waren also überrascht, als Sie das Mädchen sahen, aber noch viel mehr, als Bompard ankam. Als Hotelportier haben Sie sich von der Tatsache, daß sie mit ein paar Minuten Abstand daherkamen, nicht täuschen lassen.«

»Nein, Herr Kommissar.«

»Sie sind also in den sechsten Stock hinaufgegangen, um Ihre Schwägerin zu informieren.«

»Das ist richtig.«

»Ahnten Sie, daß das Ganze ein dramatisches Ende nehmen würde?«

»Ich wußte, daß sich meine Schwägerin an dem Mann rächen wollte.«

Maigret wandte sich an Lucas: »Geh bitte mit ihm in dein Büro.«

Er zog es vor, mit dem Mädchen allein zu bleiben, das jetzt nicht mehr daran dachte, zu bluffen.

»Ist Lucienne Jouffroy hereingekommen, während Sie im Zimmer waren?«

»Ja.«

»Wußten Sie, daß ihre Tochter Bompards Geliebte gewesen war?«

»Ja.«

»Und daß er sie zu der Engelmacherin gebracht hatte?«

»Ja.«

»Und dennoch sind Sie zu ihm nach Paris gefahren?«

Sie senkte den Kopf und sagte in hartem Ton:

»Ich liebte ihn. Er hatte mir eingeredet, Rosine habe noch andere Liebhaber gehabt.«

»Wenn ich Ihr Vater wäre...«, knurrte Maigret.

»Was würden Sie tun?«

»Ich weiß es nicht, aber... Sie sind also von zu Hause weggelaufen, ohne Geld, ohne Gepäck... Und Bompard hat Ihnen tausend Franc gegeben, damit Sie im Hotel bleiben konnten.«

»Ich liebte ihn!« wiederholte sie.

»Und jetzt?«

»Ich weiß es nicht mehr. Ich wollte nur verhindern, daß Lucienne Jouffroy verhaftet wird und auch, daß mein Vater etwas erfährt.«

»Glauben Sie, daß das so einfach ist?«

Das Telefon läutete. Maigret brummte: »Ja. Gut. Um so schlimmer für sie, ja... Natürlich!«

Und, indem er auflegte: »Lucienne Jouffroy hat nicht einmal versucht, über die Grenze zu kommen. Sie ist stundenlang in Paris umhergeirrt und ist soeben in einem Polizeibüro erschienen, wo sie alles gestanden hat. Sie hat nicht von Ihnen gesprochen. Sie hat nur gesagt, Bompard sei mit einer Prostituierten, die sie nicht kannte, im Bett gelegen.«

»Und jetzt?«

»Wie ich die Pariser Geschworenen kenne, wird sie bestimmt freigesprochen.«

»Und ich?«

»Sie?«

Er war aufgestanden. Plötzlich gab er einem allzu lang aufgestauten Drang nach und versetzte dem Mädchen eine Ohrfeige. Sie war so verblüfft, daß sie kein Wort herausbrachte.

»Kommen Sie!«

»Wohin?«

»Das geht Sie nichts an.«

Er führte sie durch die Gänge und stand schließlich mit ihr in dem dunklen Hof der Kriminalpolizei.

»He, Taxi!«

Er zwang sie, einzusteigen, und brummte, als rede er mit sich selbst: »Der Wagen hat zwei Türen. Angenommen, jemand öffnet bei dem Verkehrsgewühl eine der Türen und entkommt...«

Dann schwieg er. Sie fuhren durch die Rue de Rivoli. Das Mädchen rührte sich nicht.

»Sagen Sie mal!« brummte Maigret. »Sie haben wohl Ihren Verstand verloren, was?«

»Ich bin müde...«, seufzte sie.

»*Eh bien,* schlafen können Sie später... Ich sage Ihnen, daß ich, wenn Sie nicht in einer Minute...«

Sie machte die Wagentür einen Spalt weit auf und zögerte. Er sagte wütend: »So hauen Sie doch ab, verdammt nochmal! Dumme Gans!«

Der Fahrer wandte sich um. Als er sah, daß nur noch eine Person im Wagen saß, wollte er halten. Aber der Kommissar ließ die Scheibe herunter und murmelte:

»Setzen Sie mich vor einer anständigen Brasserie ab! Ich habe einen Mordsdurst!«

La Rochelle, Juli 1938

Der Kahn mit den beiden Erhängten

Der Schleusenwärter von Coudray war ein magerer Mensch von melancholischer Wesensart, im Kordsamtanzug, mit hängendem Schnurrbart und mißtrauischem Blick, ein Typ Mann, wie man ihn unter Gutsverwaltern häufig antrifft. Er machte keinen Unterschied zwischen Maigret und den etwa fünfzig Leuten – Gendarmen, Journalisten, den Polizisten von Corbeil und den Mitgliedern der Staatsanwaltschaft –, denen er seit zwei Tagen seine Geschichte erzählte. Während er sprach, ließ er seinen Blick unablässig über die trübe Oberfläche der Seine gleiten, stromauf- und stromabwärts.

Es war November. Es war kalt, und der Himmel, der sich im Wasser spiegelte, war von einem reinen, grellen Weiß.

»Ich bin um sechs Uhr früh aufgestanden, um nach meiner Frau zu sehen« (Maigret dachte, daß es immer die anständigen Männer mit dem traurigen Blick sind, die eine kranke Frau zuhause haben). »Schon als ich Feuer machte, glaubte ich ein Geräusch zu hören. Aber erst später, als ich meiner Frau oben im ersten Stock den Umschlag machte, habe ich endlich begriffen, daß jemand schrie. Als ich auf der Schleuse war, habe ich dicht vor dem Wehr etwas Großes, Dunkles gesehen.

›Was ist los?‹ habe ich gerufen.
›Hilfe!‹ hat eine Stimme geantwortet.
›Was machen Sie da?‹ hab' ich ihn gefragt.
›Hilfe!‹ hat er wieder gerufen.

Ich hab' also meine Fähre geholt und bin hingefahren. Ich habe gesehen, daß es die *Astrolabe* war. Da es endlich hell wurde, konnte ich schließlich den alten Claessens an Deck erkennen. Ich möchte schwören, daß er noch betrunken war und ebensowenig wie ich wußte, was der Kahn dort am Wehr zu suchen hatte. Der Hund lief frei herum, ich habe ihn sogar noch gebeten, ihn zu halten. Voilà...«

Was für ihn zählte, war nur die Tatsache, daß ein Kahn auf seinem Wehr gestrandet war und, wäre die Strömung stärker gewesen, leicht hätte bersten können. Daß man an Bord außer dem alten, betrunkenen Kutscher und einem großen Schäferhund auch zwei Erhängte aufgefunden hatte – einen Mann und eine Frau –, ging ihn hingegen nichts mehr an.

Die *Astrolabe,* die man inzwischen wieder flottgemacht hatte, war noch da, in hundertfünfzig Meter Entfernung. Sie wurde von einem Gendarmen bewacht, der sich warm hielt, indem er auf dem Treidelpfad auf und ab ging. Es war ein alter Schleppkahn ohne Motor, ein »Stall«, wie man die Schiffe nennt, die vor allem die Kanäle befahren und ihre Pferde an Bord haben. Radfahrer drehten sich im Vorbeifahren nach dem grauen Rumpf um, der seit zwei Tagen das Thema Nummer eins in allen Zeitungen war.

Wie gewöhnlich war zu dem Zeitpunkt, als man Kommissar Maigret mit der Untersuchung beauftragt hatte, kein neues Indiz mehr zu finden. Alle möglichen Leute hatten die Untersuchung geführt und die Zeugen waren schon zigmal verhört worden, zuerst von der Gendarmerie, von der Polizei von Corbeil, von den Richtern und den Reportern.

»Sie werden sehen, daß es Emile Gradut war!« hatte man zu ihm gesagt.

Maigret, der Gradut soeben zwei Stunden lang verhört hatte, war an den Tatort zurückgekehrt. Die Hände in den Taschen seines Wintermantels vergraben, stand er mit mürrischer Miene da und betrachtete die unfreundliche Landschaft, als wolle er hier irgendwo ein Grundstück kaufen.

Sein Interesse galt nicht der Schleuse von Coudray, wo der Schleppkahn gestrandet war, sondern der am anderen Ende der Staustrecke acht Kilometer stromaufwärts gelegenen Schleuse de la Citanguette.

Alles in allem das gleiche Dekor wie hier unten: Die Dörfer Morsang und Seine-Port befanden sich in ziemlicher Entfernung am anderen Ufer, so daß man nur das friedlich dahinziehende, von Unterholz umsäumte Wasser sah, und manchmal die Schlucht einer alten Kiesgrube.

An der Citanguette hingegen gab es ein Bistro, und die Schiffer richteten es möglichst so ein, daß sie dort übernachten konnten. Es war ein echtes Seemanns-Lokal, in dem man Brot kaufen konnte, aber auch Konserven und Wurst, Taue und Hafer für die Pferde.

Hier führte Maigret, ohne diesen Eindruck zu erwecken, nun seine eigentliche Untersuchung durch, indem er von Zeit zu Zeit ein Gläschen trank, sich nahe an den Ofen setzte und zwischendurch einen kleinen Spaziergang machte, während ihn die Wirtin, die fast so blond war wie ein Albino, mit einer Mischung aus Respekt und Ironie betrachtete.

Über den Mittwochabend wußte man nur folgendes: Bei Einbruch der Dunkelheit hatte die *Aiglon VII*, ein kleiner Seineschlepper, oberhalb von Paris seine sechs Kähne wie Küken vor die Citanguette-Schleuse gebracht. Um diese Zeit fiel ein feiner Regen. Sobald die Schiffe vertäut waren, waren die Männer wie immer zum Aperitif im Bistro eingekehrt, während der Schleusenwärter die Kurbeln abnahm.

Die *Astrolabe* erschien erst eine halbe Stunde später an der Flußkrümmung, als es schon ganz dunkel war. Der alte Arthur Aerts, der Kapitän, stand am Steuerrad, während Claessens, die Peitsche geschultert, auf dem Treidelpfad vor seinen Pferden herging.

Dann war die *Astrolabe* hinter dem Schleppzug vor Anker gegangen. Claessens hatte seine Pferde an Bord gebracht. Kurz, in diesem Augenblick hatte niemand auf die beiden geachtet.

Es war schon mindestens sieben Uhr, und alle hatten schon ihre Suppe gegessen, als Aerts und Claessens ins Bistro gekommen waren und sich vor den Ofen gesetzt hatten. Der Kapitän der *Aiglon VII* führte das Wort, und die beiden Alten hatten nichts zu sagen. Die Albino-Wirtin, ein Baby auf dem Arm, servierte ihnen vier- oder fünfmal Schnaps, ohne sich weiter um sie zu kümmern.

Ja, so war es gewesen, das wurde Maigret jetzt klar.

Alle kannten einander mehr oder weniger. Man trat ein, grüßte andeutungsweise und nahm Platz, ohne ein Wort zu sprechen. Manchmal kam auch eine Frau herein, aber nur um für den nächsten Tag einzukaufen. Danach sagte sie zu ihrem Mann, der dort saß und trank: »Komm nicht zu spät nach Hause!«

So war es auch mit der Frau von Aerts gewesen – Emma hieß sie –, die Brot, Eier und ein Kaninchen gekauft hatte.

Von diesem Augenblick an wurde jede Einzelheit überaus wichtig und jede Zeugenaussage unendlich wertvoll. Maigret ließ deshalb auch nicht locker:

»Sind Sie sicher, daß Arthur Aerts betrunken war, als er gegen zehn Uhr wegging?«

»Stockbesoffen wie immer«, gab die Wirtin zur Antwort. »Er war Belgier, ein anständiger Mensch eigentlich, der sich in seine Ecke setzte, ohne ein Wort zu sprechen, und der so lange weitertrank, bis er gerade noch imstande war, an Bord zurückzugehen.«

»Und Claessens, der Fuhrmann?«

»Der hat mehr gebraucht. Er ist noch etwa eine Viertelstunde geblieben. Dann ist er weggegangen, gleich darauf wieder zurückgekommen, weil er seine Peitsche vergessen hatte.«

Soweit war alles klar. Man konnte sich leicht das Seineufer vorstellen, nachts, vor der Schleuse, den Schlepper mit den sechs Kähnen dahinter, dann den Kahn von Aerts, eine Stallaterne auf jedem Schiff und als Krönung des Ganzen der unaufhörliche Nieselregen.

Gegen halb zehn kam Emma mit ihren Einkäufen an

Bord zurück. Um zehn Uhr kam Aerts nach Hause, stockbesoffen, wie die Wirtin gesagt hatte. Und um Viertel nach zehn lenkte der Fuhrmann seine Schritte endlich in Richtung der *Astrolabe.*

»Ich habe nur darauf gewartet, daß er ging, um endlich zuzumachen, denn die Schiffer gehen früh schlafen, es war niemand mehr da.«

All das hatte Hand und Fuß und ließ sich nachprüfen. Von diesem Augenblick an aber war keine einzige präzise Information mehr zu bekommen. Um sechs Uhr morgens war der Kapitän des Schleppers ganz erstaunt, als er die *Astrolabe* hinter seinen Kähnen nicht mehr sah. Wenig später stellte er fest, daß die Haltetaue durchschnitten worden waren.

Zur gleichen Zeit hörte der Schleusenwärter von Coudray, der seine kranke Frau pflegte, die Schreie des alten Fuhrmanns und entdeckte kurz darauf die *Astrolabe,* die gegen das Wehr gefahren war.

Der Hund auf dem Schiffsdeck lag nicht an der Kette. Der Fuhrmann, den der Zusammenstoß geweckt hatte, wußte von nichts und behauptete, wie immer die ganze Nacht in seinem Stall geschlafen zu haben.

Nur daß man hinten in der Kajüte den erhängten Aerts gefunden hatte, und zwar erhängt nicht mit einem Seil, sondern mit der Hundekette. Dann hatte man hinter einem Vorhang seine Frau Emma entdeckt, die mit einem Bettlaken erhängt worden war.

Das war aber noch nicht alles. Als der Kapitän des Schleppers *Aiglon VII* aufbrechen wollte und vergeblich nach seinem Heizer Emile Gradut rief, mußte er feststellen, daß dieser verschwunden war.

»Gradut war es, und kein anderer.« Alle sagten es, und am gleichen Abend las man in den Zeitungen Überschriften wie: »Gradut wurde gesehen, als er sich in der Nähe von Seine-Port herumtrieb.« »Menschenjagd im Wald von Rougeau.« »Das Geld des alten Aerts bleibt unauffindbar.«

Alle Zeugenaussagen bestätigten, daß der alte Aerts einen Schatz besaß. Man war sich sogar einig, was die Höhe der Summe betraf: hunderttausend Franc. Der Grund dafür? Das war eine lange Geschichte, oder vielmehr: es war ganz einfach. Aerts, der sechzig Jahre alt war und dessen beide Söhne verheiratet waren, hatte in zweiter Ehe Emma geheiratet, und Emma, eine derbe Straßburgerin, war erst vierzig Jahre alt.

Die beiden kamen jedoch überhaupt nicht miteinander aus. Bei jeder Schleuse beklagte sich Emma über den Geiz des Alten, der ihr kaum genug Geld zum Leben gab.

»Ich weiß nicht einmal, wo er sein Geld aufbewahrt!« sagte sie. »Es soll für seine Söhne sein, nach seinem Tod. Und ich muß mich zu Tode schuften, ihn pflegen, das Schiff steuern. Ganz zu schweigen davon, daß ...«

Sie fügte Einzelheiten hinzu, zynisch und, wenn es sein mußte, in Aerts' Gegenwart, der sich mit einem eigensinnigen Kopfnicken begnügte. Erst nachdem sie gegangen war, murmelte er: »Sie hat mich nur wegen der zehntausend Franc geheiratet. Aber ich werde sie hereinlegen ...«

Manchmal sagte Emma auch: »Als ob seine Söhne darauf angewiesen wären!«

Tatsächlich war Joseph, der Ältere, Kapitän eines Schleppers in Antwerpen, und Théodore hatte mit Hilfe seines Vaters einen schönen Motorlastkahn gekauft, die *Marie-France*, den man benachrichtigt hatte, als er gerade durch Maastricht in Holland kam.

»Aber ich finde sie schon noch, seine hunderttausend Franc!«

Sie erzählte einem auf der Stelle davon, auch wenn sie einen erst seit fünf Minuten kannte, gab die intimsten Details über ihren alten Ehemann zum besten und sagte schließlich in zynischem Ton: »Er bildet sich doch wohl nicht ein, daß eine junge Frau wie ich ihn aus Liebe…«

Und: Sie betrog ihn auch. An den Zeugenaussagen gab es nichts zu rütteln. Selbst der Kapitän der *Aiglon VII* wußte Bescheid. »Ich sage nur, was ich weiß. Aber daß während der vierzehn Tage, als wir in Alfortville arbeitslos waren und die *Astrolabe* beladen wurde, Emile Gradut oft zu ihr ging, am hellichten Tag, soviel ist sicher!«

Und?

Emile Gradut war dreiundzwanzig und ein Lump, das war nicht zu leugnen. Tatsächlich war er vierundzwanzig Stunden später verhaftet worden. Man hatte ihn halb verhungert im Wald von Rougeau aufgegriffen, der weniger als fünf Kilometer von der Citanguette-Schleuse entfernt war.

»Ich hab' nichts getan!« brüllte er die Gendarmen an und suchte ihre Schläge abzuwehren.

Ein kränklich aussehender, unsympathischer kleiner

Lump, den Maigret zwei Stunden lang in seinem Büro verhört hatte und der hartnäckig wiederholte: »Ich hab' nichts getan!«

»Warum bist du dann weggelaufen?«

»Das ist meine Angelegenheit!«

Der Untersuchungsrichter, der überzeugt war, Gradut habe den Schatz im Wald versteckt, ließ dort neue Razzien durchführen, die alle erfolglos blieben.

All das hatte etwas unsagbar Trübseliges an sich, wie der Fluß, in dem sich von morgens bis abends der gleiche Himmel spiegelte, wie die Schleppzüge, die ihre Ankunft mit dem Nebelhorn ankündigten (ein Signal für jeden Kahn) und die dann einer nach dem anderen in die Schleuse einfuhren. Und während sich die Frauen an Deck um die Bälger kümmerten und gleichzeitig das Manövrieren überwachten, gingen die Männer zum Bistro hinauf, um dort einen Schnaps zu trinken, und kamen mit schweren Schritten wieder herunter.

»Das Ganze ist sonnenklar!« hatte ein Kollege zu Maigret gesagt.

Und doch war Maigret, verdrießlich wie die Seine selbst und unfreundlich wie ein Kanal im Regen, zu seiner Schleuse zurückgekehrt, von der er sich nicht mehr losreißen konnte.

Es war immer das gleiche: Wenn ein Fall allzu klar zu sein scheint, kommt niemand auf die Idee, die Einzelheiten gründlich nachzuprüfen.

Für alle war Gradut der Täter, und er war so sehr der Typ dafür, daß die Annahme zu einem Beweis wurde.

Obwohl man freilich zugeben mußte, daß die jetzt

vorliegenden Ergebnisse der Autopsien einem zu denken geben konnten. So hatte Dr. Paul von Arthur Aerts gesagt:

»Leichte Verletzung am Kinn. Der Leichenstarre und dem Mageninhalt nach zu schließen, ist der Tod zwischen zehn Uhr und zehn Uhr dreißig eingetreten, und zwar durch Strangulieren.«

Aerts war um zehn Uhr an Bord zurückgekommen. Nach Aussage der Albino-Wirtin war Claessens eine Viertelstunde später seinem Beispiel gefolgt, und Claessens bestätigte, daß er sofort in seinen Stall gegangen war.

»Hat in der Kajüte von Aerts Licht gebrannt?«

»Ich weiß es nicht.«

»Lag der Hund noch an der Kette?«

Der arme Alte hatte lange nachgedacht, zum Schluß aber mit einer hilflosen Geste abgewinkt. Er wußte es nicht. Er hatte nicht darauf geachtet. Konnte er denn vorhersehen, daß alles, was er an diesem einen Abend getan hatte, im nachhinein die größte Bedeutung haben würde? Er war ständig betrunken. Er schlief auf dem Stroh, in seinen Kleidern, in dem warmen Geruch seines Hengstes und seiner Stute.

»Kein Geräusch gehört?«

Er wußte es nicht. Er konnte es nicht wissen, weil er eingeschlafen war, und als er erwachte, hatte er sich mitten im Fluß wiedergefunden und gemerkt, daß der Kahn unmittelbar vor dem Wehr festlag.

Zu diesem Punkt gab es allerdings eine Aussage.

Aber konnte man sie ernst nehmen? Sie kam von Madame Couturier, der Frau des Kapitäns der *Aiglon VII.* Der Hauptkommissar von Corbeil hatte sie wie die anderen verhört, bevor er dem Schleppzug die Erlaubnis zum Weiterfahren in Richtung Loing-Kanal gab. Das Protokoll steckte in Maigrets Tasche.

Frage: *»Haben Sie während der Nacht nichts gehört?«*

Antwort: *»Das könnte ich nicht beschwören.«*

Frage: *»Sagen Sie, was Sie gehört haben.«*

Antwort: *»Es ist so vage. Ich bin irgendwann einmal aufgewacht und habe auf den Wecker gesehen. Es war Viertel vor elf. Es war mir, als ob in der Nähe des Schiffs gesprochen würde.«*

Frage: *»Haben Sie die Stimmen nicht erkannt?«*

Antwort: *»Nein; aber ich habe gedacht, es sei Gradut, der ein Rendezvous mit Emma hatte. Ich muß gleich wieder eingeschlafen sein.«*

Konnte man sich darauf verlassen? Und selbst wenn es stimmte: Was bewies das schon?

Vor der Schleuse lagen in jener Nacht ein Schlepper mit seinen sechs Kähnen und die *Astrolabe.*

Was Aerts betraf, so war der Bericht eindeutig: Er war zwischen zehn Uhr und zehn Uhr dreißig gestorben, und der Tod war durch Erhängen eingetreten.

Nur daß sich die Sache mit dem zweiten Bericht Dr. Pauls über Emma komplizierte.

»Auf der linken Wange sieht man Blutergüsse, die von einem stumpfen Schlaginstrument oder von einem hef-

tigen Faustschlag herrühren. Der Tod, hervorgerufen durch Ersticken infolge Erhängens, dürfte um etwa ein Uhr morgens eingetreten sein.«

Maigret geriet immer tiefer in das langsame, schwerfällige Leben der Citanguette-Schleuse hinein, als sei er nur so imstande, nachzudenken. Ein Motorlastkahn mit belgischer Flagge rief ihm Théodore, Aerts' Sohn, ins Gedächtnis, der inzwischen in Paris angekommen sein mußte.

Gleichzeitig ließ ihn die belgische Flagge an Genever denken. In der Kajüte hatte man auf dem Tisch eine Flasche Genever entdeckt, die mehr als zur Hälfte leer war. Die Kajüte selbst war von oben bis unten durchsucht worden. Man hatte sogar die Matratze zerrissen; die Federn lagen im ganzen Raum herum.

Natürlich um die hunderttausend Franc zu finden...

Die ersten, die den Fall untersuchten, hatten behauptet: »Es ist ganz einfach. Emile Gradut hat Aerts und Emma getötet. Dann hat er sich vollaufen lassen und das Geld gesucht, das er schließlich im Wald versteckt hat.«

Nur daß... Ja... Nur daß Dr. Paul bei der Autopsie in Emmas Magen den ganzen Alkohol entdeckt hatte, der in der Flasche fehlte! Na und? Wenn Emma den Genever getrunken hatte, dann war es nicht Gradut gewesen!

»Eben«, hieß es dann. »Nachdem Gradut Aerts getötet hatte, hat er dessen Frau betrunken gemacht, um sie wehrlos zu machen. Vergessen Sie nicht, daß sie eine kräftige Frau war.«

So daß also, wenn man ihnen glauben wollte, Gradut und seine Geliebte von zehn oder halb elf an, also zum Zeitpunkt des Todes von Aerts, bis Mitternacht oder ein Uhr morgens, dem Zeitpunkt des Todes von Emma, an Bord gewesen waren.

Das war natürlich möglich. Alles war möglich. Nur daß Maigret soweit kommen wollte, daß er sozusagen *in Schleppkähnen dachte,* das heißt, daß er so denken wollte wie die Leute hier.

Er war mit Emile Gradut genauso hart gewesen wie die anderen. Zwei Stunden lang hatte er ihm die Hölle heiß gemacht. Zu Beginn des Verhörs hatte er es mit der sanften Tour versucht, wie man am Quai des Orfèvres sagt.

»Hör zu, Alter. Du bist in die Sache verwickelt, das ist klar. Aber um ehrlich zu sein, ich glaube nicht, daß du die beiden umgebracht hast.«

»Ich hab' nichts getan!«

»Du hast sie bestimmt nicht umgebracht. Aber gib zu, den Alten hast du ein bißchen angerempelt. Seine Schuld übrigens. Er hat euch gestört, du wolltest dich verteidigen und...«

»Ich hab' nichts getan!«

»Was Emma betrifft, so hättest du sie bestimmt nicht angerührt, wo sie doch deine Geliebte war!«

»Sie verlieren Ihre Zeit! Ich hab' nichts getan!«

Später wurde Maigret härter, ja sogar drohend.

»Ach so ist das also! Na gut. Wir werden ja sehen, ob du auch auf dem Schiff, mit den beiden Leichen...«

Aber Gradut hatte bei der Aussicht auf eine Rekonstruktion des Verbrechens nicht mit der Wimper gezuckt.

»Jederzeit. Ich hab' nichts getan.«

»Obwohl natürlich, wenn man das Geld findet, das du versteckt hast...«

Da hatte Emile Gradut gelächelt. Es war ein mitleidiges, unendlich überlegenes Lächeln gewesen...

An diesem Abend lagen vor der Citanguette-Schleuse nur ein Motorlastkahn und ein »Stall«. An der unteren Schleuse, auf dem Deck der *Astrolabe,* hielt ein Gendarm immer noch Wache. Er war ganz erstaunt, als Maigret, der an Bord gekommen war, verkündete: »Ich habe keine Zeit, nach Paris zurückzufahren. Ich werde hier schlafen.«

Man hörte das Wasser sanft gegen den Rumpf schlagen, und hörte auch die Schritte des Gendarmen, der Angst hatte einzuschlafen und auf dem Deck auf und ab ging. Der Arme fragte sich übrigens gleich darauf, ob Maigret nicht drauf und dran sei, den Verstand zu verlieren. Er befand sich ganz allein im Innern des Schiffes und machte doch so viel Lärm, als wären die Pferde unten im Laderaum losgemacht worden.

»Pardon, *mon ami.*«

Es war Maigret, dessen Kopf in der Schiffsluke auftauchte.

»Könnten Sie mir nicht eine Hacke besorgen?«

Eine Hacke, um zehn Uhr abends, an einem solchen Ort! Trotzdem weckte der Gendarm den Schleusenwärter, der immer so traurig aussah. Und der hatte auch eine Hacke, weil er einen Garten besaß. »Was will er denn damit machen, Ihr Kommissar?«

»Woher soll ich das wissen?«

Sie sahen sich mit bedeutsamen Blicken an.

Maigret ging mit seiner Hacke in die Kajüte, und über eine Stunde lang hörte der Gendarm dumpfe Schläge.

»Sagen Sie, *mon ami*...«

Wieder steckte ein schwitzender Maigret den Kopf aus der Luke. »Gehen Sie doch für mich telefonieren. Ich möchte, daß der Untersuchungsrichter morgen in aller Frühe kommt, und daß er Emile Gradut hierherbringen läßt.«

Noch nie hatte der Schleusenwärter so niedergeschlagen ausgesehen wie in dem Augenblick, als er den Richter zu dem Lastkahn führte, während Gradut, von zwei Gendarmen flankiert, hinter ihnen herging.

»Nein. Ich schwöre Ihnen, daß ich nichts weiß.«

Maigret hatte geschlafen, und zwar auf dem Bett des Ehepaars Aerts! Er entschuldigte sich nicht einmal und tat, als merke er die Verblüffung des Richters über den Zustand der Kajüte gar nicht.

Der Fußboden war herausgerissen worden. Darunter war eine Schicht Zement, doch der Zement war mit der Hacke zertrümmert worden, so daß die Kajüte ein einziges Chaos war.

»Kommen Sie nur herein, Herr Richter. Ich bin sehr spät zu Bett gegangen und habe noch keine Zeit gehabt, Toilette zu machen.« Er zündete eine Pfeife an. Irgendwo hatte er Bier gefunden und schenkte sich jetzt ein Glas ein.

»Komm herein, Gradut. Und jetzt...«

»Was jetzt?« fragte der Richter.

»Es ist ganz einfach«, erklärte Maigret, der an seiner Pfeife zog. »Ich werde euch erklären, was in der bewußten Nacht passiert ist. Sehen Sie, mir ist da etwas von Anfang an aufgefallen: daß nämlich der alte Aerts *mit einer Kette,* seine Frau aber *mit einem Bettlaken* erhängt worden ist.«

»Ich verstehe nicht...«

»Sie werden es gleich verstehen. Suchen Sie in den Annalen der Kriminalpolizei, und ich schwöre Ihnen, daß Sie nicht einen, aber auch nicht einen einzigen Fall finden werden, wo sich einer mit einem Draht oder einer Kette erhängt hat. Das klingt vielleicht merkwürdig, aber es ist so. Die Leute, die Selbstmord begehen, sind alle mehr oder weniger zimperlich, und der Gedanke, die Kettenglieder könnten sie an der Kehle verletzen oder die Haut am Hals einzwicken...«

»Arthur Aerts ist also getötet worden?«

»Ja, zu diesem Schluß bin ich gekommen, um so mehr, als die Verletzung am Kinn zu beweisen scheint, daß die Kette, die man dem betrunkenen Aerts von hinten um den Hals gelegt hat, ihn zuerst im Gesicht verletzt hat.«

»Ich verstehe nicht...«

»Warten Sie! Bedenken Sie weiterhin, daß seine Frau im Gegensatz zu ihm mit einem zusammengerollten Bettlaken erhängt gefunden worden ist. Und nicht etwa mit einem Seil erhängt wurde, von denen es an Bord eines Schiffes Dutzende gibt. Nein, mit einem Bettlaken. Die sanfteste Art, sich zu erhängen, wenn ich mich so ausdrücken darf.«

»Und das bedeutet?«

»Daß sie sich selbst erhängt hat. Und daß sie, um sich Mut zu machen, einen halben Liter Genever trinken mußte, sie, die nie Alkohol trank. Erinnern Sie sich an die Berichte des Gerichtsarztes?«

»Ja, ich erinnere mich.«

»Ein Mord und ein Selbstmord also. Der Mord wurde um etwa Viertel nach zehn verübt, der Selbstmord um Mitternacht oder ein Uhr morgens. Von da an ist alles ganz einfach.«

Der Richter musterte Maigret mit einem gewissen Mißtrauen, Emile Gradut hingegen mit ironischer Neugier.

»Seit langem schon«, fuhr Maigret fort, »ist Emma, die nicht bekommen hatte, was sie wollte, als sie den alten Aerts heiratete, von einer einzigen Idee besessen: nämlich den Schatz an sich zu bringen und mit ihrem Liebhaber auf und davon zu gehen. Auf einmal bietet sich die Gelegenheit dazu. Aerts kommt in stark betrunkenem Zustand nach Hause. Gradut ist ganz in der Nähe, an Bord des Schleppkahns. Als sie im Bistro eingekauft hat, sieht sie, daß ihr Mann schon betrunken ist. Also bindet sie den Hund los und wartet, mit der Kette in der Hand, die sie gleich um den Hals ihres Mannes schlingen wird.«

»Aber…«, wandte der Richter ein.

»Gleich. Lassen Sie mich zu Ende erzählen. Aerts ist also tot. Emma, ganz berauscht von ihrem Sieg, läuft weg, um Gradut zu holen. Denken Sie in diesem Zusammenhang daran, daß die Frau des Kapitäns der *Aiglon VII* um Viertel vor elf nahe bei ihrem Schiff Stimmen gehört hat. Stimmt das, Gradut?«

»Es stimmt!«

»Die beiden kommen an Bord zurück, um das Geld zu holen, durchsuchen alles, sogar die Matratze, und können die berühmten hunderttausend Franc nicht finden. Stimmt das, Gradut?«

»Es stimmt.«

»Die Zeit vergeht, und Gradut wird ungeduldig. Ich möchte wetten, daß er sich sogar zu fragen beginnt, ob er nicht hereingelegt worden ist, ob die hunderttausend Franc überhaupt existieren. Emma schwört, daß es sie gibt. Aber wozu sollen sie gut sein, wenn man sie nicht findet? Sie suchen also weiter. Gradut hat die Nase voll. Er weiß, daß er angeklagt werden wird. Er will weg. Emma möchte mitkommen.«

»Pardon...«, murmelte der Richter.

»Sofort! Ich sagte, sie will mit ihm gehen, und da er keine Lust hat, sich eine Frau auf den Buckel zu laden, die nicht einmal Geld hat, zieht er sich aus der Affäre, indem er ihr mit der Faust ins Gesicht schlägt. Dann, als er an Land ist, schneidet er die Haltetaue des Kahns durch. Stimmt das, Gradut?«

Diesmal zögerte Gradut mit seiner Antwort.

»Das ist so ziemlich alles!« schloß Maigret. »Wenn sie das Geld gefunden hätten, wären sie gemeinsam verschwunden, oder sie hätten versucht, es so hinzustellen, als hätte der Alte Selbstmord begangen. Weil sie es aber nicht gefunden haben, irrt Gradut, von Panik erfüllt, auf dem Land umher und sucht ein Versteck. Emma kommt wieder zu sich, als der Kahn im Fluß dahingleitet und der Erhängte neben ihr hin und her schaukelt. Keine Hoffnung mehr, nicht wahr? Nicht einmal die Hoffnung, fliehen zu können. Sie würde Claessens wecken müssen, damit er das Schiff mit dem Bootshaken lenkte. Mit einem Wort: Es ist aus! Und sie beschließt, sich umzubringen. Nur daß sie, weil ihr der Mut fehlt, zuerst trinkt und dann ein weiches Leintuch aussucht...«

»Stimmt das Gradut?« fragte der Richter, indem er den Strolch anblickte.

»Wenn der Kommissar es behauptet...«

»Aber warten Sie«, gab der Richter zurück. »Was beweist Ihnen denn, daß er das Geld nicht gefunden hat und daß er, eben weil er es behalten wollte...«

Da schob Maigret mit dem Fuß ein paar Brocken Zement beiseite und zeigte auf ein darunter befindliches Versteck, in dem belgische und französische Goldstücke lagen.

»Verstehen Sie jetzt?«

»So ungefähr!« murmelte der Richter ohne Überzeugung.

Und Maigret, der sich eine neue Pfeife stopfte, gab brummend zurück:

»Man hätte wissen müssen, daß diese alten Lastkähne mit Zement ausgebessert werden! Das hat mir niemand gesagt!« Und indem er plötzlich den Ton änderte, sagte er:

»Das unglaublichste daran ist, daß ich das Geld gezählt habe, und daß es tatsächlich hunderttausend Franc sind. Eine komische Ehe, finden Sie nicht?«

La Rochelle, Juli 1938

Das Wirtshaus zu den Ertrunkenen

I

»Wollen Sie sich wirklich nicht unterstellen?« sagte der Gendarmeriehauptmann nicht ohne eine gewisse Verlegenheit nun schon zum zweiten- oder drittenmal.

Maigret, der die Hände in den Taschen seines Mantels vergraben und dessen Melone sich in einen Wasserbehälter verwandelt hatte, der sich bei der geringsten Bewegung entleerte, der mürrische, schwerfällige regungslose Maigret der schlechten Tage, brummte, ohne die Pfeife aus dem Mund zu nehmen: »Nein!«

Hier ist zu bemerken, daß die unangenehmsten Geschichten, aus denen man sich nur mit der allergrößten Mühe wieder herauswindet und die ein mehr oder weniger unangenehmes Ende haben, immer auch diejenigen sind, in die man zufällig mehr oder weniger aus Dummheit hineinschlittert oder einfach, weil man nicht den Mut hat, nein zu sagen, solange noch Zeit dazu ist.

Das galt auch – einmal mehr – für Maigret. Er war am Vormittag nach Nemours gekommen, weil er mit Gendarmeriehauptmann Pillement einen ziemlich unbedeutenden Fall zu klären hatte.

Der Gendarmeriehauptmann war ein charmanter, kultivierter und sportlicher Mann, der die Militärakademie in Saumur absolviert hatte. Er hatte darauf bestanden, den Kommissar zu sich nach Hause einzuladen, und ihn genötigt, anzunehmen, was sein Tisch und sein Keller zu bieten hatten. Dann hatte er ihm, weil es in Strömen regnete, angeboten, im Gästezimmer zu schlafen.

Der Herbst zeigte sich in diesen Tagen von seiner schlechtesten Seite. Seit zwei Wochen lebte man inmitten von Regen und Nebel, während der Loing, in dem das Wasser stark gestiegen war, auf seinen schlammigen Fluten dicke Baumäste mit sich führte.

»Das mußte ja kommen!« seufzte Maigret, als er um sechs Uhr morgens – es war noch ganz dunkel – das Telefon läuten hörte. Kurz darauf murmelte der Hauptmann hinter der Tür:

»Schlafen Sie, Kommissar?«

»Nein, ich schlafe nicht.«

»Hätten Sie Lust, mit mir zu kommen? Etwa fünfzehn Kilometer von hier ist heute nacht ein merkwürdiger Unfall passiert.«

Natürlich war Maigret mitgekommen. Ans Ufer des Loing, dort wo die Route Nationale den Fluß entlangführt, zwischen Nemours und Montargis. Eine Umgebung, die einem das Aufstehen am frühen Morgen verleiden konnte. Ein tiefhängender, kalter Himmel. Ein Regen, der in dicken Strichen die Landschaft schraffierte. Der schmutzigbraune Fluß und dahinter die Pappeln, die den Kanal säumten.

Nicht ein Dorf. Das einzige Wirtshaus, die ›Auberge des Pêcheurs‹, befand sich in siebenhundert Meter Entfernung. Maigret wußte bereits, daß es in der Gegend eher unter dem Namen ›Auberge aux Noyés‹, das Wirtshaus zu den Ertrunkenen, bekannt war.

Was die Ertrunkenen von heute nacht betraf, so wußte man noch nichts. Der Kran arbeitete knirschend, während zwei Männer, im Ölzeug wie Seeleute, die Pumpe eines Tauchgeräts betätigten. Am Straßenrand parkten fünf oder sechs Autos. Andere, aus beiden Richtungen kommend, verlangsamten die Fahrt. Manche hielten an, um zu sehen, was los war, und fuhren dann weiter.

Uniformierte Gendarmen. Krankenwagen, die man im Laufe der Nacht für alle Fälle hatte kommen lassen, die aber offensichtlich hier nichts mehr tun konnten.

Man mußte warten. Warten, bis das Auto, das in der Strömung unter dem schnell dahinfließenden Wasser fest am Kran hing, aus dem Fluß gezogen werden konnte.

Ein Zehn-Tonnen-Lastwagen, eines dieser stinkenden Ungeheuer, die Tag und Nacht über die großen Landstraßen krochen, parkte kurz vor der Kurve.

Man wußte nicht genau, was passiert war. Am Vorabend war der Zehntonner, der regelmäßig die Strecke Paris-Lyon befuhr, kurz nach acht auf dieser Strecke vorbeigekommen. In der Kurve war er gegen ein Auto gefahren, das unbeleuchtet dort stand, und hatte es in den Fluß geschleudert.

Joseph Lécoin, der Fahrer des Lastwagens, hatte geglaubt, Schreie zu hören, und der Besitzer der *Belle-Thérèse,* dessen Lastkahn kaum hundert Meter entfernt im Kanal vor Anker lag, behauptete ebenfalls, Hilferufe gehört zu haben.

Die beiden Männer hatten sich am Ufer getroffen und hatten mit Hilfe einer Laterne nach den Verunglückten ausgeschaut, wobei sie allerdings nicht sehr systematisch vorgingen. Dann war der Lastwagenfahrer nach Montargis gefahren, wo er die Gendarmerie alarmiert hatte.

Da die Unfallstelle zum Amtsbereich von Nemours gehörte, war die Gendarmerie dieser Stadt ebenfalls verständigt worden. Weil man aber vor Tagesanbruch nichts unternehmen konnte, hatte der Leutnant seinen Hauptmann erst um sechs Uhr geweckt.

Die Stimmung war düster. Alle froren, zogen die Schultern hoch und warfen dem schlammigen Wasser Blicke zu, die nicht einmal besorgt zu nennen waren.

Der Besitzer des Wirtshauses stand im Schutze eines riesigen Regenschirms da und diskutierte über den Fall wie einer, der sich auskennt.

»Wenn die Leichen nicht im Auto eingeklemmt sind, wird es lange dauern, bis man sie findet, weil alle Wehren überflutet sind. Sie werden bis in die Seine geschwemmt werden, es sei denn, sie haken sich irgendwo an einer Wurzel fest...«

»Sie sind bestimmt nicht mehr im Auto«, gab der Fahrer zurück, »weil es nämlich ein offener Wagen ist.«

»Das ist aber merkwürdig!«

»Wieso?«

»Weil ich gestern zwei junge Gäste hatte, die im offenen Wagen angekommen waren. Sie haben im Gasthof übernachtet und zu Mittag gegessen. Sie sollten auch heute noch dort übernachten. Ich habe sie aber nicht mehr gesehen.«

Ohne daß Maigret dem Gerede eigentlich zugehört hätte, nahm er das, was gesagt wurde, unwillkürlich dennoch auf.

Der Taucher kam endlich an die Oberfläche, und man beeilte sich, ihm den großen kupfernen Taucherhelm abzuschrauben.

»Wir können anfangen«, verkündete er. »Der Wagen hängt fest am Kran.«

Auf der Straße hupten Autos zum Zeichen, daß die Fahrer nicht wußten, was die Menschenansammlung hier zu bedeuten hatte. An den Autofenstern kamen Köpfe zum Vorschein.

Der Kran, der aus Montargis hertransportiert worden war, machte einen unerträglichen Lärm. Endlich tauchten aus dem Wasser zuerst der vordere Teil einer Karosserie, dann das Verdeck und die Räder auf.

Maigret hatte nasse Füße, und die Ränder seiner Hose waren schmutzig. Er hätte gern eine Tasse heißen Kaffee getrunken, aber er wollte die Unfallstelle nicht verlassen, um ins Wirtshaus zu gehen, und der Gendarmeriehauptmann wagte es nicht mehr, ihn abzulenken.

»Vorsicht, Leute! Tretet ein wenig nach links zurück!«

Der vordere Teil des Wagens trug deutliche Spuren des Zusammenpralls. Das bewies, wie auch der Fahrer des Lastwagens schon erklärt hatte, daß das Kabriolett im Augenblick des Unfalls in Richtung Paris gestanden war.

»Hau ruck! Eins, zwei...! Hau ruck!«

Endlich stand das Auto am Ufer. Ein seltsames Gefährt mit verkrümmten Rädern und Kotflügeln, die wie zerknittertes Papier aussahen; die Sitze waren mit Schlamm und Abfall bedeckt.

Der Leutnant notierte sich die Zulassungsnummer, während der Hauptmann auf dem Armaturenbrett das Schild mit dem Namen des Besitzers suchte. Auf dem Schild stand: *R. Daubois, 135, Avenue des Ternes, Paris.*

»Ich lasse dort anrufen, nicht wahr, Kommissar?«

Maigret schien sagen zu wollen: ›Macht, was ihr wollt! Das geht mich doch nichts an!‹

Das war Aufgabe der Gendarmerie und nicht der Kriminalpolizei. Schon war ein Wachtmeister auf dem Motorrad losgefahren, um in Paris anzurufen. Alle möglichen Leute, darunter ein Dutzend Autofahrer, die beim Vorbeifahren ausgestiegen waren, standen um das aus den Fluten geborgene Wrack herum. Einige befühlten mechanisch die Karrosserie oder beugten sich vor, um ins Wageninnere zu sehen.

Ein Unbekannter war es auch, der aus Neugier am Griff des Kofferraums drehte. Wider Erwarten – das Auto war völlig verbeult – ließ sich dieser mühelos öffnen. Der Mann stieß einen Schrei aus und trat ein paar Schritte zurück, während die Umstehenden hinzueilten, um zu sehen, was los war.

Auch Maigret trat näher, runzelte die Brauen und ließ zum erstenmal an diesem Morgen etwas anderes als nur ein Brummen hören: »Los! Treten Sie zurück! Daß mir keiner was anrührt!« Er hatte es auch gesehen. Er hatte eine seltsam verrenkte menschliche Gestalt gesehen. Sie war so tief in den Kofferraum gestopft worden, als habe es Mühe gemacht, den Deckel zu schließen.

Platinblonde Haare über dem leblosen Bündel deuteten darauf hin, daß es sich um eine Frau handelte.

»Hauptmann! Lassen Sie bitte das Gelände räumen! Es hat sich etwas Neues ergeben, etwas ziemlich Scheußliches.«

Und sie hatten eine scheußliche Aufgabe vor sich! Allein schon die Tatsache, daß man die Leiche der Frau aus ihrem triefenden Bottich herausziehen mußte...

»Riechen Sie nichts?«

»Doch, ja...«

»Glauben Sie nicht, daß...«

Aber ja. Eine Viertelstunde später hatte man den Beweis. Einer der neugierig herumstehenden Autofahrer war Arzt. Er untersuchte die Leiche, die man auf die Straßenböschung gelegt hatte. Man mußte ununterbrochen die Leute zurückdrängen und sogar Kinder, die zusehen wollten.

»Der Tod ist schon vor mindestens drei Tagen eingetreten.«

Jemand zupfte Maigret am Ärmel. Es war Justin Rozier, der Wirt der ›Auberge aux Noyés‹.

»Ich erkenne den Wagen wieder«, erklärte er mit betont geheimnisvoller Miene. »Er gehört meinen beiden jungen Gästen!«

»Haben Sie ihre Namen?«

»Sie haben den Meldezettel ausgefüllt.«

Der Arzt mischte sich wieder ein: »Wissen Sie, daß es sich um ein Verbrechen handelt?«

»Womit ist es begangen worden?«

»Mit einem Rasiermesser. Man hat der Frau die Kehle durchgeschnitten.«

Es regnete noch immer, auf das Auto, auf die Leiche und auf die schwarzen Gestalten, die geschäftig in all dem Grau hin und her liefen.

Ein Motorrad. Der Wachtmeister, der zu Boden sprang.

»Das Auto gehört Monsieur Daubois nicht mehr. Ich habe ihn persönlich am Telefon gesprochen. Er hat es vorige Woche einem Garagenbesitzer an der Porte Maillot verkauft.«

»Und der Garagenbesitzer?«

»Ich habe dort angerufen. Die Garage hat den Wagen vor drei Tagen einem jungen Mann verkauft, der bar bezahlt hat und den man infolgedessen auch nicht nach seinem Namen gefragt hat.«

»Aber ich, ich weiß doch, wie er heißt!« rief der Wirt, der fand, daß man sich nicht genug um ihn kümmerte, ungeduldig aus. »Sie brauchen nur mit in den Gasthof zu kommen und…«

Man sah zuerst einen Rothaarigen daherkommen, Redakteur der einzigen Zeitung von Montargis und Korrespondent einer großen Pariser Tageszeitung. Gott mochte wissen, wie er seine Untersuchungen durchführte, denn Maigret schickte ihn zum Teufel und Hauptmann Pillement ebenfalls. Das hinderte ihn aber nicht daran, gleich nach seiner Ankunft die Telefonkabine über eine Viertelstunde lang zu blockieren.

Eine Stunde später kam ein wahres Wettrennen in Gang: Es wurden nämlich nur noch diejenigen an die Unfallstelle zugelassen, die dem Gendarmen, der damit beauftragt war, die Neugierigen am Betreten des Gasthofs zu hindern, eine Pressekarte zeigen konnten.

Auch die Fotografen waren da. Sie kletterten auf Tische und Stühle und machten Aufnahmen, die mit dem Drama überhaupt nichts zu tun hatten.

Maigret erhielt seinerseits die Antwort aus Paris.

»Die französische Kriminalpolizei ist einverstanden. Da Sie bereits an Ort und Stelle sind, fahren Sie halbamtlich mit der Untersuchung fort. Wir schicken Ihnen im Laufe des Tages einen Inspektor aus der Rue des Saussaies.«

Alles in allem eine komische Geschichte. Und ein komisches Wirtshaus mit seiner seltsamen Lage an einer jähen Straßenkrümmung. Hatte man Maigret nicht soeben erzählt, daß dies in fünf Jahren das dritte Auto war, das hier in den Fluß stürzte?

Die beiden anderen Fälle waren weniger mysteriös. Es handelte sich um Autoraser, die auf die Kurve nicht gefaßt waren und, da sie das Steuer nicht mehr rechtzeitig herumreißen konnten, in den Fluß geschleudert wurden. In einem dieser Wagen war eine fünfköpfige Familie eingeklemmt gewesen. Der zweite Unfall hatte dagegen nur ein Opfer gefordert.

Dennoch hatte man dem Wirtshaus diesen Beinamen gegeben, mit um so mehr Berechtigung, als sich an einem Pfingstsonntag eine junge Frau seelischer Probleme wegen dort ertränkt hatte, während ihr Mann hundert Meter weiter angelte.

›L'Auberge aux Noyés‹: das Wirtshaus zu den Ertrunkenen... Man brauchte sich nur der Telefonkabine zu nähern, wo sich die Journalisten die Klinke in die Hand gaben, um zu der Überzeugung zu gelangen, daß es noch vor Einbruch der Nacht berühmt sein würde.

»Das Rätsel der ›Auberge aux Noyés‹ ... Das Verbrechen bei der ›Auberge aux Noyés‹ ... Eine Leiche im Kofferraum ... Das Rätsel des grauen Autos ...«

Maigret rauchte ruhig und schwerfällig seine Pfeife, verschlang ein riesiges Sandwich, das er mit Bier begoß, und betrachtete ohne Neugier das übliche Hin- und Hergelaufe, das die Arbeit der Polizei so schwierig macht.

Von all den Leuten hier interessierten ihn nur zwei: Der Besitzer der *Belle Thérèse* und der Lastwagenfahrer.

Der Schiffer hatte ihn aufgesucht. Er hatte in unterwürfigem Ton zu Maigret gesagt: »Sie wissen, daß wir eine Prämie bekommen, wenn wir möglichst rasch an Ort und Stelle sind. Ich hätte schon heute morgen abfahren sollen. Wenn es also möglich wäre ...«

»Wo entladen Sie?«

»Am Quai des Tournelles in Paris. Noch ein Tag auf dem Kanal, und nicht ganz einen Tag auf der Seine ... Übermorgen abend sind wir dort.«

Maigret ließ ihn seine Aussage wiederholen.

»Wir hatten zu Abend gegessen und meine Frau lag schon im Bett. Ich wollte auch gerade schlafen gehen, als ich ein komisches Geräusch hörte. Wenn man unten im Schiff ist, kann man aber nicht gut feststellen ... Ich habe den Kopf durch die Luke gesteckt. Ich glaubte eine Stimme zu hören, die um Hilfe rief.«

»Was für eine Art Stimme?«

»Eine Stimme ... Da war der Regen, der auf das Deck prasselte, es ist aus Blech ... Eine Stimme, die schon aus weiter Ferne kam ...«

»Eine Männer- oder eine Frauenstimme?«

»Eher eine Männerstimme.«

»Wie lange nach dem ersten Geräusch?«

»Ich würde sagen, nicht unmittelbar danach, weil ich mir gerade die Schuhe auszog und noch Zeit hatte, die Pantoffeln anzuziehen.«

»Was haben Sie dann gemacht?«

»Ich konnte nicht in Pantoffeln hinausgehen. Ich bin wieder hinuntergegangen und habe meine Lederjacke und die Galoschen angezogen. Dann habe ich zu meiner Frau gesagt – sie hat noch nicht geschlafen –: ›Vielleicht einer, der am Ertrinken ist!‹«

Maigret beharrte auf diesem Punkt: »Warum haben Sie gedacht, daß es jemand sein könnte, der am Ertrinken ist?«

»Weil das im allgemeinen der Fall ist, wenn man auf dem Fluß oder im Kanal jemand um Hilfe schreien hört. Mit meinem Bootshaken habe ich mehr als fünf gerettet.«

»Sie sind also zum Fluß hinuntergegangen?«

»Ich war sozusagen schon dort, weil doch der Kanal und der Loing an dieser Stelle keine zwanzig Meter voneinander entfernt sind. Ich habe die Scheinwerfer eines Lastwagens gesehen und dann einen dicken Mann, der auf der Straße daherkam.«

»Den Fahrer... Er war es doch, oder?«

»Ja. Er hat mir erzählt, daß er gegen ein Auto gefahren und dieses dann in den Fluß gerollt war. Ich bin meine Taschenlampe holen gegangen.«

»Mit anderen Worten, das alles hat eine gewisse Zeit gedauert?«

»Ja freilich.«

»Was machte der Fahrer inzwischen?«

»Ich weiß es nicht. Ich nehme an, daß er versuchte, im Dunkeln etwas zu erkennen.«

»Sind Sie in der Nähe des Lastwagens gewesen?«

»Möglich... Ich erinnere mich nicht. Ich wollte vor allem sehen, ob irgendwo ein menschlicher Körper im Wasser auftaucht.«

»Sie wissen also nicht, ob der Fahrer allein in seinem Wagen war?«

»Ich nehme es an... Wenn noch jemand dagewesen wäre, wäre er hergekommen, um uns zu helfen.«

»Als Sie festgestellt hatten, daß nichts zu machen war, was hat der Fahrer da gesagt?«

»Daß er die Gendarmerie informieren würde.«

»Hat er nicht gesagt, welche?«

»Nein... Ich glaube nicht...«

»Haben Sie nicht daran gedacht, ihm zu sagen, er könne vom Wirtshaus aus telefonieren, das nur siebenhundert Meter weit weg ist?«

»Ich habe erst daran gedacht, als ich gesehen habe, daß er weiterging.«

Der Chauffeur war einer von diesen Fernfahrern, die die Statur eines Herkules besitzen. Er hatte seine Firma telefonisch davon verständigt, daß er wegen eines Unfalls von der Polizei festgehalten werde. Nun wartete er ohne Ungeduld auf das Weitere und ließ sich von den Journalisten zum Trinken einladen, wofür er ihnen als Gegenleistung ununterbrochen wiederholte, was ihm widerfahren war.

Maigret nahm ihn beiseite, in ein kleines Chambre

séparée, in dem ein Sofa darauf hinwies, daß das Wirtshaus mit dem unheimlichen Namen verliebte Pärchen zum Bleiben einlud.

»Ich dachte, daß die Fernfahrer gewöhnlich zu zweit sind, vor allem auf langen Strecken?«

»Oft, ja! Aber vor acht Tagen hat sich mein Kollege an der Hand verletzt und ist im Krankenstand. Seither fahre ich allein.«

»Um welche Zeit haben Sie Paris verlassen?«

»Um zwei Uhr. Ich habe verschiedene Lasten zu transportieren und konnte auf den glatten Straßen nicht schnell fahren.«

»Ich nehme an, Sie haben gehalten, um in einem Restaurant zu Abend zu essen, in dem auch andere Fernfahrer verkehren.«

»Das stimmt. Wir haben unsere Lokale. Wir treffen uns dort immer etwa um die gleiche Zeit. Ich habe gleich nach Nemours gehalten, bei der Mère Catherine, die hervorragend kocht.«

»Wieviele Lastwagen standen vor der Tür?«

»Vier! Zwei offene Möbelwagen von der Umzugsfirma Morin, dann ein Tanker und ein Schnelltransporter.«

»Haben Sie mit den anderen Fahrern gegessen?«

»Wir waren zu dritt. Die anderen saßen am Nebentisch.«

»In welcher Reihenfolge sind Sie weggefahren?«

»Wann die anderen weggefahren sind, weiß ich nicht. Ich war der letzte, weil ich auf die Verbindung mit Paris wartete.«

»Mit wem haben Sie telefoniert?«

»Mit meinem Chef. Sie sollten in Moulins einen neuen Kolbenring für mich bereithalten. Ich hatte gemerkt, daß mit dem Motor etwas nicht in Ordnung war und daß der dritte Zylinder...«

»Schon gut. Wie weit waren Sie Ihrer Ansicht nach von Ihren Kollegen entfernt?«

»Ich bin zehn Minuten nach dem letzten weg, das war einer der Möbelwagen. Da ich schneller fuhr als er, mußte er vier bis fünf Kilometer vor mir sein.«

»Und Sie haben das Kabriolett erst im Augenblick des Unfalls gesehen?«

»Ein paar Meter vorher, aber da war es zu spät, um den Zusammenstoß zu verhindern.«

»Es war unbeleuchtet?«

»Ja.«

»Und Sie haben niemand gesehen?«

»Das kann ich nicht mit Bestimmtheit sagen. Es regnete, und meine Scheibenwischer sind nicht gerade phantastisch. Ich weiß nur, daß ich, als das Auto im Wasser war, den Eindruck hatte, daß in der Dunkelheit jemand zu schwimmen versuchte. Dann habe ich so etwas wie einen Hilferuf gehört.«

»Noch eine Frage: Ich habe vorhin in dem Kasten unter Ihrem Sitz eine Taschenlampe gesehen, die tadellos funktioniert. Warum sind Sie sie nicht holen gegangen?«

»Ich weiß nicht. Ich war ganz durcheinander. Ich hatte Angst, mein Lastwagen könnte auch in den Loing rutschen...«

»Brannte im Wirtshaus kein Licht, als Sie vorbeikamen?«

»Vielleicht, ja.«

»Fahren Sie diese Strecke oft?«

»Zweimal die Woche.«

»Sind Sie nicht auf den Gedanken gekommen, vom Wirtshaus aus anzurufen?«

»Nein! Ich habe gedacht, Montargis ist ja nicht weit, und bin hingefahren.«

»Hat sich niemand in Ihrem Wagen verstecken können, während Sie am Ufer suchten?«

»Ich glaube nicht.«

»Warum nicht?«

»Weil derjenige erst die Stricke von der Plane hätte losmachen müssen.«

»Ich danke Ihnen. Sie bleiben natürlich hier, falls ich Sie brauche.«

»Wenn ich Ihnen damit helfen kann…«

Seine einzige Sorge war, gut zu essen und zu trinken, und Maigret sah, wie er sich zur Küche wandte, um sein Mittagessen zu bestellen.

Am Herd stand Madame Rozier, eine magere, gelblich aussehende Frau. Sie war dem plötzlichen Zustrom der Gäste nicht gewachsen. Dazu kam, daß sie der vielen Journalisten wegen nicht einmal zum Telefon greifen konnte, um in der Stadt ihre Bestellungen aufzugeben.

Ein junges Dienstmädchen namens Lili, das für sein Alter allzu aufgeweckt wirkte, scherzte mit jedem, während sie die Aperitifs servierte, und auch der Wirt hatte alle Hände voll zu tun.

Es war Sauregurkenzeit. Wenn das Wirtshaus im Sommer mit Touristen, Liebespärchen und Anglern rechnen konnte, so kamen im Herbst kaum mehr als ein paar Jäger aus Paris, die eine Jagd pachteten und für einen bestimmten Tag ihr Essen bestellten.

Rozier hatte Maigret erklärt:

»Vorgestern habe ich gegen Abend ein junges Paar in einem grauen Auto ankommen sehen. Es war das Auto, das aus dem Fluß gezogen worden ist. Ich habe gleich gedacht, daß es ein jungverheiratetes Paar ist. Da ist der Meldezettel, den ich ihnen gestern zum Ausfüllen gegeben habe.«

Auf dem Formular stand in einer spitzen, verkrampften Schrift: Jacques Vertbois, 20 Jahre alt, Werbefachmann, 18, Rue des Acacias, Paris.

Die Antwort auf die vorgedruckten Fragen lautete: Komme aus Paris. Fahre weiter nach Nizza.

Und quer über das Blatt hatte der junge Mann, als er gebeten wurde, das Formular seiner Begleiterin auszufüllen, geschrieben: Und Madame.

Die Information war bereits telefonisch nach Paris weitergegeben worden, und nun wurden in der Rue des Acacias, im siebzehnten Arrondissement, unweit von der Garage, in der das Auto gekauft worden war, Nachforschungen angestellt.

»Ein sehr hübsches Mädchen, so zwischen siebzehn und achtzehn«, sagte der Wirt zu Maigret. »Ich nannte sie, unter uns gesagt, den Backfisch. Sie trug ein Kleid, das zu leicht für die Jahreszeit war, und einen sportlichen Mantel.«

»Hatten die beiden Gepäck bei sich?«

»Einen Koffer, er ist immer noch oben.«

Der Koffer enthielt aber nur Kleider und Herrenunterwäsche. Das ließ darauf schließen, daß die Abreise des geheimnisvollen jungen Mädchens nicht geplant gewesen war.

»Wirkten sie nervös?«

»Nicht besonders. Um die Wahrheit zu sagen, sie hatten mehr die Liebe im Kopf, und haben gestern einen Großteil des Tages in ihrem Zimmer verbracht... Sie haben sich das Mittagessen hinaufbringen lassen, und Lili hat festgestellt, daß es keinen Spaß macht, Leute zu bedienen, die ihre Gefühle derart zur Schau stellen. Verstehen Sie, was ich meine?«

»Haben sie Ihnen nicht gesagt, warum sie, wenn sie doch nach Nizza wollten, weniger als hundert Kilometer von Paris entfernt gehalten haben?«

»Ich glaube, sie hätten überall haltgemacht, wenn sie nur ein Zimmer bekommen hätten.«

»Und der Wagen?«

»Er stand in der Garage. Sie haben ihn gesehen. Ein Luxuswagen, der aber schon ein paar Jahre alt ist, so wie ihn Leute kaufen, die nicht viel Geld haben. Das sieht nach Reichtum aus und kostet weniger als ein gewöhnliches Auto.«

»Haben Sie nicht versucht, den Kofferraum zu öffnen, weil Sie neugierig waren?«

»Ich würde mir niemals erlauben...«

Maigret zuckte die Achseln, weil ihm der Mann nichts erzählte, was der Rede wert war, und weil ihm die Neugier dieser Art Gastwirte wohlbekannt war.

»Kurz, das Paar wollte zurückkommen, um bei Ihnen zu übernachten?«

»Zum Abendessen und zum Schlafen, ja. Wir haben bis zehn Uhr abends mit dem Abdecken gewartet.«

»Wann ist das Auto aus der Garage gefahren?«

»Warten Sie... Es war schon dunkel... Gegen halb fünf... Ich dachte, die jungen Leute wollten sich, nachdem sie so lange in ihrem Zimmer eingesperrt waren, in Montargis oder anderswo ein bißchen amüsieren. Der Koffer war immer noch da, so daß ich mir wegen der Rechnung keine Sorgen machte.«

»Vom Unfall haben Sie nichts gewußt?«

»Nichts, bis zum Eintreffen der Gendarmerie gegen elf Uhr nachts.«

»Und Sie haben gleich gedacht, daß es sich um Ihre Gäste handelte?«

»Ich habe es befürchtet. Ich hatte bemerkt, daß sich der junge Mann, als er das Auto aus der Garage fuhr, ziemlich ungeschickt anstellte. Offensichtlich war er ein Neuling beim Autofahren. Und wir kennen die Kurve am Flußufer.«

»Ist Ihnen in den Gesprächen der beiden nichts verdächtig erschienen?«

»Ich habe ihren Gesprächen nicht zugehört.«

Aus dem bisher Gesagten ergab sich somit folgendes: Am Montag, gegen fünf Uhr nachmittags, hatte ein gewisser Jean Vertbois, zwanzig Jahre alt, Werbefachmann, wohnhaft Rue des Acacias Nummer achtzehn in Paris, in einer Garage in der Nähe seiner Wohnung ein luxuriöses, aber veraltetes Auto gekauft, das er mit fünf Tausendfranc-Scheinen bezahlt hatte. (Der Garagenbesitzer – das hatte man Maigret soeben am Telefon erklärt – hatte den Eindruck gehabt, daß die Brieftasche seines Kunden noch ein ziemlich dickes Bündel Banknoten enthielt. Vertbois hatte nicht versucht, den Preis herunterzuhandeln, und hatte erklärt, er werde am nächsten Tag das Nummernschild auswechseln lassen. Er war allein in der Garage erschienen.)

Über die Ereignisse vom Dienstag wußte man vorläufig nichts.

Am Mittwoch abend war der gleiche Vertbois mit seinem Wagen in der weniger als hundert Kilometer von Paris entfernten ›Auberge aux Noyés‹ angekommen, und zwar in Gesellschaft eines blutjungen Mädchens, das der Wirt, der in solchen Dingen bestens Bescheid wissen mußte, für ein Mädchen aus gutem Hause hielt.

Am Donnerstag war das Paar im Wagen ausgefahren, als wolle es eine simple Spazierfahrt in die Umgebung unternehmen. Und ein paar Stunden später wurde das unbeleuchtete Auto etwa siebenhundert Meter von dem Wirtshaus entfernt von einem Lastwagen angefahren. Der Fahrer des Lastwagens, aber auch ein Schiffer, glaubten Hilferufe gehört zu haben.

Von Jean Vertbois und dem jungen Mädchen fehlte jede Spur. Die Gendarmerie der ganzen Gegend suchte nach ihnen. Aber niemand, weder in den Bauernhöfen, in den Gasthöfen oder auf den Straßen entsprach der Personenbeschreibung der beiden, und auch in den Bahnhöfen war das Ergebnis gleich Null.

Im Kofferraum des Autos hingegen entdeckte man die Leiche einer sehr gepflegten, offensichtlich sehr auf ihr Äußeres bedachten Frau von fünfundvierzig bis fünfzig Jahren.

Der Gerichtsarzt bestätigte, was der zufällig vorbeigekommene Arzt gesagt hatte, daß nämlich die Frau am Montag durch Schnitte mit einem Rasiermesser getötet worden war.

Mit etwas weniger Überzeugung ließ der Gerichtsarzt außerdem verlauten, daß die Leiche nur wenige Stunden nach dem Tod in den Kofferraum gestopft und dort ungeschickt zusammengedrückt worden war. Die Schlußfolgerung lautete: Als das Paar im Wirtshaus angekommen war, befand sich bereits eine Leiche im Auto!

Wußte es Vertbois?

Wußte es das junge Mädchen?

Was machte ihr Auto um acht Uhr abends am Straßenrand, ohne Beleuchtung? War es eine Panne, die ein Anfänger beim Autofahren nicht hatte beheben können?

Wer befand sich in diesem Augenblick im Wagen? Und wer hatte im Dunkeln um Hilfe gerufen?

Der Gendarmeriehauptmann, ganz Mann von Welt, vermied es, Maigret bei seiner Untersuchung zu stören. Hingegen bemühte er sich, mit seinen Leuten so viele Fakten wie möglich zu sammeln.

Zehn flache Kähne zogen ihre Furchen durch den Loing, der mit Haken durchsucht wurde. Männer gingen die Ufer entlang, andere wieder machten sich an den Wehren zu schaffen.

Die Journalisten betrachteten den Gasthof als ihr erobertes Gebiet, quartierten sich als die Herren dort ein und erfüllten alle Räume mit ihrem Lärm.

Die *Belle Thérèse* war mit ihrer Ladung Ziegel in

Richtung Quai des Tournelles abgefahren, und der Fahrer des Lastwagens, der dem hektischen Treiben um sich herum gleichgültig zusah, profitierte mit philosophischer Gelassenheit von diesem neuerlichen bezahlten Urlaub.

Auf den Rotationsmaschinen der Zeitungen überschlugen sich schon die Titel, in Buchstaben, die um so fetter waren, je sensationeller die Schlagzeilen lauteten. Den Vogel schoß ein Reporter ab, der geschrieben hatte:

Zwei verliebte Zwanzigjährige
transportieren Leiche im Kofferraum

und dann in Kursivdruck:

Die schlammigen Fluten des Loing
verschlingen Verbrecher und Opfer

Es war die »verdrießliche« Phase der Untersuchung, in der ein auf dem Siedepunkt befindlicher Maigret mit keinem sprach, brummte, ein Bier nach dem anderen trank und eine Pfeife nach der anderen rauchte, wobei er im Kreis ging wie ein Bär im Käfig. Es war die Phase, in der alles in der Schwebe war, in der alle Fakten, die man zusammengetragen hatte, einander zu widersprechen scheinen und wo man in dem Wust der Informationen vergeblich den roten Faden sucht, in der ständigen Angst, den falschen zu erwischen, der nirgends hinführt.

Zu allem Überfluß war der Gasthof auch noch

schlecht geheizt. Er hatte Zentralheizung, was der Kommissar ganz besonders verabscheute. Schließlich war auch die Küche mittelmäßig, und man verlängerte die Saucen, um den zahlreichen Bestellungen gerecht werden zu können.

»Entschuldigen Sie, wenn ich Ihnen das sage, Kommissar...«

Gendarmeriehauptmann Pillement lächelte fein und setzte sich einem außerordentlich mürrischen Maigret gegenüber.

»Ich weiß, daß Sie mir böse sind. Ich für mein Teil bin froh, Sie hier festgehalten zu haben, denn ich fange an zu glauben, daß dieser zunächst so banal wirkende Verkehrsunfall allmählich zu einem der mysteriösesten Fälle wird, die man sich denken kann.«

Maigret begnügte sich damit, sich von dem Kartoffelsalat, den Sardinen und den roten Rüben, den klassischen Horsd'œuvres schlechter Gasthöfe, auf den Teller zu legen.

»Wenn wir erst einmal wissen, wer dieses schöne, verliebte Mädchen ist...«

Ein großer, schlammbespritzter, von einem Chauffeur in Livree gelenkter Wagen hielt vor der Tür, und ein grauhaariger Mann stieg aus, der instinktiv vor den Fotografen zurückwich, die ihn – man konnte nie wissen – von allen Seiten mit ihren Kameras beschossen.

»Sieh mal an!« murmelte Maigret. »Ich wette, daß wir hier ihren Vater vor uns haben!«

2

Der Kommissar hatte sich nicht getäuscht, aber wenn er eine peinliche Szene befürchtete, so blieb sie ihm durch das betont würdevolle Auftreten des Notars La Pommeraye erspart. Nachdem dieser als Mann, der es gewohnt war, seine Autorität auszuüben, die Journalisten beiseitegeschoben hatte, war er Maigret in das Chambre séparée gefolgt und hatte sich vorgestellt:

»Germain La Pommeraye, Notar in Versailles.«

Sein Beruf paßte wie die königliche Stadt vorzüglich zu seiner hohen, rassigen Gestalt, seinem matten Teint und den Zügen, die ein kaum merkliches Beben durchlief, während er mit auf den Boden geheftetem Blick fragte: »Haben Sie sie gefunden?«

»Ich werde Ihnen«, seufzte Maigret, »eine bestimmte Anzahl ziemlich präziser Fragen stellen müssen, wofür ich mich von vornherein entschuldige.«

Der Notar machte eine vage Handbewegung, die bedeutete: ›Nur zu! Ich kenne das...‹

»Können Sie mir zunächst sagen, was Sie auf den Gedanken gebracht hat, Ihre Tochter könnte etwas mit der Sache zu tun haben?«

»Sie werden es gleich verstehen. Meine Tochter Viviane ist siebzehn Jahre alt, sieht aber wie zwanzig aus. Ich sage *ist*, dabei müßte ich zweifellos sagen: *war*... Sie ist eine impulsive Natur, wie ihre Mutter. Und – mag das nun richtig oder falsch sein – vor allem seit ich Witwer bin, habe ich mich stets geweigert, mich ihren Wünschen zu widersetzen. Ich weiß nicht, wo sie diesen Jean Vertbois kennengelernt hat, aber ich glaube mich zu erinnern, daß es im Schwimmbad war, oder in einem Sportklub in der Nähe von Boulogne.«

»Kennen Sie Jean Vertbois persönlich?«

»Ich habe ihn nur einmal gesehen. Meine Tochter ist, wie gesagt, eine impulsive Natur. Eines Abends hat sie mir aus heiterem Himmel erklärt: ›Papa, ich werde heiraten!‹«

Maigret stand auf, riß die Tür auf und begnügte sich damit, dem Journalisten, der draußen horchte, einen verächtlichen Blick zuzuwerfen. »Fahren Sie fort, Monsieur!«

»Ich habe die Sache zuerst als einen Scherz aufgefaßt. Dann, als ich gesehen habe, daß es ernst war, wollte ich den Kandidaten sehen. Also ist Jean Vertbois eines Nachmittags nach Versailles gekommen. Etwas hat mir sofort mißfallen: Er war in einem großen Sportwagen gekommen, den er sich von einem Freund geborgt hatte. Ich weiß nicht, ob Sie verstehen, was ich damit sagen will. Die jungen Leute haben durchaus das Recht, ehrgeizige Pläne zu hegen. Aber ich mag es nicht, wenn jemand mit zwanzig seine Vorliebe für Luxus auf so billige Weise befriedigt, vor allem, wenn dieser Luxus ziemlich geschmacklos ist.«

»Kurz, die Unterredung verlief eher lebhaft?«

»Sie war sogar eindeutig stürmisch. Ich habe den jungen Mann gefragt, mit welchen Mitteln er denn eine Frau zu ernähren gedenke, und er gab mir mit ziemlich entwaffnender Offenheit zur Antwort, daß die Mitgift meiner Tochter diese jedenfalls vor dem Hungertod bewahren würde, während er selbst auf eine bessere Stellung warte. Wie Sie sehen, der Prototyp des kleinen, zynischen Emporkömmlings, in seinen Worten wie in seiner ganzen Haltung. So daß ich mich einen Augenblick lang gefragt habe, ob dieser Zynismus nicht nur eine Pose war, hinter der sich eine gewisse Schüchternheit verbarg. Vertbois hat mir lange Vorträge über die Rechte gehalten, die sich Eltern anmaßen, und über die rückständigen Ideen einer gewissen Bourgeoisie, als deren vollendete Verkörperung er mich liebenswürdigerweise ansah... Nach einer Stunde habe ich ihn vor die Tür gesetzt.«

»Wie lange ist das her?« fragte Maigret.

»Kaum eine Woche. Als ich daraufhin meine Tochter sah, erklärte sie mir, sie werde keinen anderen heiraten als Vertbois. Sie sagte, daß ich ihn nicht kenne, daß ich ihn negativ beurteilt hätte und so weiter. Und sie hat mir, nun ja, sie hat mir gedroht, mit ihm zu fliehen, falls ich der Heirat nicht zustimmen würde.«

»Sind Sie fest geblieben?«

»Ich hielt es für eine leere Drohung, leider... Ich rechnete damit, daß mit der Zeit alles in Ordnung kommen würde. Nun ist Viviane aber seit Dienstag nachmittag verschwunden. Am gleichen Abend habe ich Vertbois in der Rue des Acacias aufgesucht, aber man sagte mir, er sei verreist. Ich habe die Concierge gefragt und erfahren, daß er von einem ganz jungen Mädchen, das heißt, von Viviane, begleitet war. Deshalb habe ich, als ich heute mittag in der Zeitung den Bericht über die Ereignisse der vergangenen Nacht gelesen habe...«

Er blieb ruhig und würdevoll. Und doch perlte leichter Schweiß auf seiner Stirn, während er mit abgewandtem Blick sagte:

»Ich bitte Sie nur um eins, Kommissar: Seien Sie aufrichtig. Ich bin noch stark genug, um einen Schlag hinzunehmen. Hingegen würde ich es nur schlecht vertragen, lange Zeit zwischen Hoffnung und Verzweiflung hin- und hergerissen zu werden. Glauben Sie, daß meine Tochter noch lebt?«

Maigret schwieg eine ganze Weile. Dann murmelte er: »Ich möchte Ihnen zunächst noch eine letzte Frage stellen. Sie scheinen Ihre Tochter sehr gut zu kennen. Ihre Liebe zu Vertbois sieht nach einer kompromißlosen Liebe aus, ebenso romantisch wie überspannt. Glauben Sie, daß Ihre Tochter, wenn sie erführe, daß Vertbois ein Mörder ist, aus Liebe seine Komplizin würde? Antworten Sie nicht zu rasch. Nehmen Sie an, Ihre Tochter kommt zu ihrem Geliebten. Verzeihen Sie, aber leider ist das das richtige Wort. Sie erfährt, daß er, um mit ihr zu fliehen und das Geld dafür aufzutreiben, gezwungen war, jemand umzubringen.«

Die beiden Männer schwiegen. Schließlich seufzte Maître La Pommeraye: »Ich weiß es nicht... Ich kann Ihnen aber etwas sagen, Kommissar, etwas, was sonst niemand weiß. Ich habe Ihnen vorhin erzählt, ich sei Witwer. Es stimmt. Meine Frau ist vor drei Jahren in Südamerika gestorben, wohin sie acht Jahre zuvor einem Kaffeeplantagenbesitzer gefolgt war. Nun hat sie jedoch beim Weggehen hunderttausend Franc aus dem Safe in der Kanzlei genommen. Viviane ist ihrer Mutter sehr ähnlich...«

Er zuckte zusammen, als er Maigret seufzen hörte: »Hoffentlich!«

»Wie?«

»Wenn Jean Vertbois von seiner Begleiterin nichts zu befürchten hat, hat er auch keinen Grund, sie umzubringen. Wenn Ihre Tochter hingegen, als sie die Leiche im Kofferraum entdeckte, ihrer Empörung Ausdruck verliehen und Drohungen ausgestoßen hat…«

»Ich verstehe, was Sie sagen wollen, aber ich verstehe die Reihenfolge der Ereignisse nicht, so wie die Zeitungen sie berichten. Als das Auto mit dem Lastwagen zusammenstieß, war es nicht leer, weil der Fahrer des Lastwagens und ein Schiffer Hilferufe gehört haben. Vertbois und Viviane hatten keinen Grund, sich zu trennen. Es ist also anzunehmen…«

»Seit heute früh wird der Fluß abgesucht, bis jetzt erfolglos. Darf ich Sie bitten, mit mir für einen Augenblick in das Zimmer zu gehen, in dem das Paar gewohnt hat?«

Es war ein ganz gewöhnliches Zimmer, mit einer geblümten Tapete, einem Messingbett und einem Spiegelschrank aus Mahagoni. Auf dem Waschtisch lagen ein paar Gegenstände, ein Rasierapparat, ein Rasierpinsel und zwei Zahnbürsten, eine davon neu.

»Sehen Sie«, sagte Maigret. »Der Mann hatte seine Toilettensachen mit. Aber die beiden mußten unterwegs anhalten, um für das junge Mädchen eine Zahnbürste und die Reisepantoffeln zu kaufen, die da neben dem Bett stehen. Trotzdem hätte ich gern einen Beweis dafür gefunden, daß es wirklich Ihre Tochter ist, die…«

»Hier ist er!« sagte der Vater traurig und zeigte auf den Vorleger, von dem sich schwach schimmernd ein

Schmuckstück abhob. »Viviane trug diese Ohrringe immer; sie gehörten ihrer Mutter. Bei einem davon funktionierte der Verschluß nicht richtig, sie verlor ihn ständig, fand ihn aber wie durch ein Wunder immer wieder. Es ist dieser Ohrring! Glauben Sie jetzt noch immer, daß mir noch eine Chance bleibt, meine Tochter lebend wiederzufinden?«

Maigret wagte nicht, ihm zu antworten, daß Mademoiselle Viviane La Pommeraye in diesem Fall wahrscheinlich der Beihilfe zum Mord angeklagt werden würde.

Er hatte den Notar nur mit Mühe dazu bringen können, nach Versailles zurückzukehren. Der anhaltende Regen machte die ›Auberge aux Noyés‹ einem Hauptquartier immer ähnlicher.

Einige Journalisten, die bei dem strömenden Regen keine Lust mehr hatten, den Schiffern, die den Fluß durchsuchten, bei der Arbeit zuzusehen, spielten gelassen Belote. Der Gendarmeriehauptmann hatte dem Kommissar seinen Wagen zur Verfügung gestellt, der ihn jedoch nicht benutzte und dessen unsystematische Arbeitsweise, die weder Hand noch Fuß zu haben schien, nicht dazu angetan war, jemandem, der seine Methoden nicht kannte, Vertrauen einzuflößen.

Als ihn die Reporter in die Telefonkabine gehen sahen, glaubten sie, sie würden etwas Neues erfahren und, indiskret von Berufs wegen, kamen sie ohne weiteres näher.

Maigret hatte jedoch das Pariser Observatorium angerufen. Er ließ sich zunächst den neuesten Wetterbericht durchgeben, wobei er bei einigen Details verweilte.

»Sie sagen, daß gestern abend gegen acht der Mond nicht geschienen hat? Gilt das auch für heute? Was sagen Sie? Er geht um zwölf Minuten nach Mitternacht auf? Ich danke Ihnen...«

Als er herauskam, machte er einen durchaus zufriedenen Eindruck. Er sagte sogar voll Schadenfreude zu den Journalisten: »Eine gute Nachricht, meine Herren: Wir haben noch mindestens drei Tage Sintflut vor uns!«

Dann konnte man ihn lange mit Hauptmann Pillement sprechen sehen, der daraufhin verschwand und für den Rest des Tages unsichtbar blieb.

Es wurde tüchtig getrunken. Jemand hatte einen Vouvray entdeckt, den jetzt alle verlangten, und Lili, die von einem Tisch zum andern ging, traf überall auf vorwitzige Hände, die sie nicht allzu empört zurückstieß.

Die Dunkelheit, die um halb fünf hereinbrach, machte der Suche im Loing ein Ende. Es bestand immer weniger Aussicht, die Leiche oder die Leichen zu finden, die genug Zeit gehabt hatten, mit der Strömung die Seine zu erreichen.

Um die Straße wieder freizumachen, war ein Wagen gekommen, der das aus dem Fluß geborgene Auto abschleppte. Er brachte es nach Montargis, damit die Polizei dort weiter darüber verfügen konnte.

Es war sechs Uhr, als ein Reporter den Wirt rief und ihn fragte: »Was kochen Sie uns Gutes zum Abendessen?«

Und man hörte eine Stimme antworten: »Überhaupt nichts!«

Der Wirt war nicht wenig erstaunt und sah sich um, weil er wissen wollte, wer es gewagt hatte, an seiner Stelle zu antworten, noch dazu auf so geschäftsschädigende Art und Weise. Es war Maigret gewesen, der jetzt gleichmütig nähertrat.

»Ich werde Sie tatsächlich bitten müssen, meine Herren, heute abend nicht hier zu essen. Ich verbiete Ihnen nicht, gegen zehn Uhr zurückzukommen, wenn Ihnen der Sinn danach steht, und sogar hier zu übernachten. Von sieben bis neun Uhr aber – und das ist mein ausdrücklicher Wunsch – sollen sich nur diejenigen Personen hier aufhalten, die sich gestern abend hier befunden haben.«

»Rekonstruktion?« warf ein Schlaukopf ein.

»Nicht einmal. Ich mache Sie gleich darauf aufmerksam, daß es sinnlos ist, sich in der Nähe auf die Lauer zu legen, weil Sie nichts sehen werden. Wenn Sie hingegen brav sind, können Sie zweifellos morgen früh Ihrer Zeitung einen schönen Artikel abliefern!«

»Wann wird das soweit sein?«

»Sagen wir vor elf… Ich kenne in Montargis einen Ort, wo man erstklassig ißt: das ›Hôtel de la Cloche‹. Gehen Sie alle dorthin und sagen Sie dem Wirt, daß ich Sie geschickt habe. Sie werden fürstlich bedient werden. Wenn ich dann hinkomme…«

»Essen Sie denn nicht mit uns?«

»Ich bin bereits eingeladen. Aber sobald ich kann, werde ich hinkommen… Für den Augenblick aber haben Sie keine andere Wahl, und sollte jemand versuchen, den Schlaumeier zu spielen, so garantiere ich ihm, daß er auch nicht die allerkleinste Auskunft von mir bekommt. Auf bald und guten Appetit, meine Herren!«

Als sie fort waren, atmete er auf und sah den wütenden Wirt schadenfroh an. »Na, lassen Sie's gut sein. Sie verdienen doch an den Getränken und nicht am Essen. Und die trinken doch schon seit heute morgen.«

»Sie hätten aber weitergemacht!«

»Hören Sie zu. Es ist überaus wichtig, daß sich von sieben bis zehn Uhr jeder im Gasthof an dem Platz befindet, den er gestern eingenommen hat, daß die Beleuchtung die gleiche ist...«

»Das ist kein Problem.«

Da war aber noch jemand, den man anscheinend vergessen hatte: Joseph Lecoin, der Fahrer des Lastwagens. Er sah Maigret erstaunt an und fragte schließlich: »Und ich?«

»Du fährst mich nach Nemours.«

»Mit dem Lastwagen?«

»Nun, warum eigentlich nicht? Wo wir doch keine Luxuslimousine haben...«

»Wie Sie wollen. Wenn ich Ihnen damit behilflich sein kann...«

So verließ der Kommissar Maigret die ›Auberge aux Noyés‹ auf dem Sitz eines Zehn-Tonnen-Lastwagens, der einen Höllenlärm machte.

3

»Wo soll ich Sie absetzen?«

Sie waren schweigend durch das Dunkel und den Regen gefahren. Ab und zu kam ihnen ein Auto entgegen, das abblendete, und der Scheibenwischer machte ein regelmäßiges Geräusch, das an das Brummen einer dikken Hummel erinnerte.

»Du wirst mich nirgends absetzen, mein Lieber!«

Der Fahrer sah seinen Begleiter erstaunt an, weil er dachte, daß der andere scherze: »Was denn sonst? Fahren wir nach Paris zurück?«

»Nein! Warte, ich will auf die Uhr sehen.«

Er mußte das Feuerzeug anknipsen, um auf die Uhr sehen zu können. Es war halb acht.

»Gut. Bleib vor dem Bistro stehen. Wir haben Zeit.«

Maigret schlug den Mantelkragen hoch und überquerte die Straße. Gleich darauf lehnte er wie ein Stammgast an der Theke, in Begleitung von Lecoin, der von der Änderung im Verhalten des Kommissars überrascht war.

Nicht daß dieser plötzlich drohend geworden wäre oder auf irgendeine Art seine schlechte Laune gezeigt hätte. Ganz im Gegenteil. Er war ruhig, und manchmal lachten seine Augen sogar. Er hatte Vertrauen zu sich, und wenn man ihn gefragt hätte, so hätte er ohne weiteres erklärt: »Das Leben ist schön!«

Er schlürfte genüßlich seinen Aperitif, sah abermals auf die Uhr, bezahlte die Getränke und sagte: »Fahren wir weiter!«

»Wohin?«

»Zuerst werden wir bei der Mère Catherine zu Abend essen, so wie du es gestern gemacht hast. Siehst du, es regnet, genau wie gestern. Und die Uhrzeit ist genau die gleiche.«

Nur drei Lastwagen standen vor dem Gasthof, der von außen mehr als bescheiden aussah, wo die Fernfahrer aber sicher waren, kleine, liebevoll zubereitete Mahlzeiten vorgesetzt zu bekommen. Die Wirtin bediente selbst. Ihre vierzehnjährige Tochter half ihr dabei.

»Nanu, Sie sind wieder da?« fragte sie erstaunt, als sie Lecoin eintreten sah.

Dieser drückte den anderen Fahrern die Hand und setzte sich mit Maigret in eine Ecke.

»Wie wär's, wenn wir das gleiche bestellten wie Sie gestern?« schlug Maigret vor.

»Hier gibt es keine zig Gerichte. Man muß den Tagesteller nehmen. Heute gibt es gespickten Kalbsbraten mit Sauerampfer.«

»Eines meiner Lieblingsgerichte.«

Hatte sich das Verhalten dieses Kolosses von einem Fahrer seit ein paar Minuten nicht verändert? Er war jetzt weniger offen als vorher und warf seinem Gegenüber verstohlene Blicke zu. Zweifellos fragte er sich, worauf der Polizist wohl hinauswollte.

»Beeil dich, Catherine. Wir Fahrer haben nicht so viel Zeit.«

»Das sagt ihr immer, und hinterher bleibt ihr eine Viertelstunde bei eurem Kaffee sitzen.«

Der Kalbsbraten war ausgezeichnet und der Kaffee viel anständiger, als man ihn sonst in den Bistros bekommt. Von Zeit zu Zeit zog Maigret seine Uhr aus der

Tasche. Er schien mit einer gewissen Ungeduld darauf zu warten, daß die anderen Fahrer abfuhren. Diese erhoben sich endlich, nachdem sie noch einen Schnaps getrunken hatten. Kurz darauf hörte man das friedliche Brummen der Motoren.

»Für uns auch einen Schnaps«, bestellte Maigret. Und zu Lecoin sagte er: »So war es doch gestern, oder?«

»Weiß Gott, ja... Zeit, daß wir weiterfahren... Um diese Zeit hatte ich gestern schon mit Paris telefoniert.«

»Gehen wir!«

»Fahren wir wieder zurück?«

»Genau wie gestern. Macht es dir etwas aus?«

»Mir? Wieso soll mir das etwas ausmachen? Wo ich doch nichts zu verbergen habe...«

In diesem Augenblick trat Catherine an den Tisch und fragte den Fahrer: »Sagen Sie, haben Sie Benoît das ausgerichtet, worum ich Sie gebeten hatte?«

»Aber ja. Das geht in Ordnung.«

Als er im Wagen saß, fragte Maigret: »Wer ist Benoît?«

»Er hat eine Tankstelle in Montargis. Er ist ein Kumpel von mir; ich tanke immer bei ihm. Die Mère Catherine will, daß man ihr auch eine Tanksäule installiert, und ich sollte Benoît sagen...«

»Es regnet stark, was?«

»Sogar ein bißchen stärker als gestern... Nun stellen Sie sich das einmal vor! Wenn man die ganze Nacht bei diesem Sauwetter fahren muß...«

»Fahren wir nicht zu schnell?«

»Genau wie gestern...«

Maigret zündete sich eine Pfeife an.

»Wir Fahrer...«, brummte Lecoin. »Man schimpft über uns, weil wir die Mitte der Straße einnehmen und nicht schnell genug auf die Seite fahren. Aber wenn die Leute mit den kleinen Autos solche Riesendinger fahren müßten wie unsere Lastwagen...« Plötzlich ein Fluch und heftiges Bremsen, so heftig, daß Maigret um ein Haar mit dem Kopf in der Windschutzscheibe gelandet wäre.

»Na so was!« rief Joseph Lecoin aus.

Er sah seinen Begleiter an, runzelte die Brauen und brummte: »Haben Sie den dorthin stellen lassen?«

Tatsächlich stand da ein Auto, an der genau gleichen Stelle, wo das von Jean Vertbois gestern zusammengestaucht worden war. Es war ein grauer Wagen, wie der andere. Es regnete, es war stockdunkel, und das Auto war nicht beleuchtet.

Und dennoch hatte der Lastwagen in mehr als drei Meter Entfernung von dem grauen Auto gehalten!

Einen Augenblick lang drückte das Gesicht des Fahrers wachsenden Zorn aus. Er begnügte sich jedoch damit, zu schimpfen: »Sie hätten mich warnen können. Wenn man sich vorstellt, daß ich ihn nicht rechtzeitig gesehen hätte!«

»Und dabei haben wir noch miteinander geredet.«

»Ja, und?«

»Gestern warst du allein. Deine Aufmerksamkeit war also durch nichts abgelenkt.«

Lecoin fragte mit einem Achselzucken: »Was wollen Sie jetzt?«

»Wir werden aussteigen. Hier lang... Warte... Ich möchte etwas ausprobieren. Schrei um Hilfe.«

»Ich?«

»Da diejenigen, die gestern geschrien haben, nicht hier sind, muß sie wohl jemand ersetzen.«

Lecoin schrie. Er tat es ungern, weil er eine Falle witterte. Als er jedoch Schritte hörte und sah, daß sich eine Gestalt im Dunkel bewegte, bekam er es mit der Angst zu tun.

»Komm näher!« rief Maigret dem Neuankömmling zu.

Es war der Besitzer der *Belle Thérèse*, den der Kommissar, ohne jemandem ein Wort davon gesagt zu haben, von der Polizei hatte herbeiholen lassen.

»Nun, und?«

»Es ist schwierig, das mit Bestimmtheit zu behaupten... Für mich war es ungefähr das gleiche.«

»Was?« brummte Lecoin.

»Ich weiß nicht, wer es war, der geschrien hat, aber ich sage, daß es ungefähr gleich klang wie gestern.«

Diesmal hätte der Koloß um ein Haar seine Ruhe verloren, und er wandte sich vorwurfsvoll dem Schiffer zu, der selbst nicht wußte, welche Rolle er in dieser Komödie spielte.

»Steig wieder in den Lastwagen!«

Jemand, der sich bisher nicht gerührt hatte, trat näher: Hauptmann Pillement.

»Alles in Ordnung!« teilte ihm Maigret mit leiser Stimme mit.

»Was das andere betrifft, so werden wir sehen...«

Er nahm seinen Platz neben Lecoin wieder ein, der nicht mehr versuchte, den Liebenswürdigen zu spielen.

»Was soll ich tun?«

»Das gleiche wie gestern.«

»Soll ich nach Montargis fahren?«

»Wie gestern!«

»Wenn Sie es wollen! Ich weiß nicht, was für eine Idee Sie im Kopf haben, aber wenn Sie glauben, daß ich in diese Geschichte verwickelt bin...«

Sie fuhren schon an der ›Auberge aux Noyés‹ vorbei, deren vier Fenster erleuchtet waren. Auf einem der Fenster stand in Lettern aus Email die Telefonnummer des Gasthofs.

»Es ist dir also nicht in den Sinn gekommen, anzuhalten, um zu telefonieren?«

»Ich habe Ihnen doch schon gesagt...«

»Sprich weiter!«

Stille. Ein mürrischer Mann mit brüsken Bewegungen, und Maigret, der in der dunklen Ecke seine Pfeife rauchte.

So kamen sie nach Montargis, und der Kommissar sagte plötzlich: »Du hast sie überholt.«

»Was?«

»Die Gendarmerie.«

»Sie sind es, mit ihren ganzen Geschichten, der...«

Er wollte umkehren, denn der Gendarmerieposten lag nur fünfzig Meter hinter ihnen.

»Nein, nein!« protestierte Maigret. »Mach weiter!«

»Was soll ich weitermachen?«

»Genau das, was du gestern getan hast.«

»Aber ich bin hingegangen...«

»Du bist nicht gleich zur Gendarmerie gegangen. Der Beweis dafür ist, daß die Uhrzeit nicht übereinstimmt. Wo ist die Tankstelle von Benoît?«

»An der zweiten Straßenecke.«

»Fahren wir hin!«

»Was sollen wir dort?«

»Nichts... Tu, was ich dir sage.«

Es war eine ganz gewöhnliche Tankstelle, vor einem Geschäft, in dem Fahrräder verkauft wurden. Der Laden war nicht erleuchtet, aber durch die Scheiben konnte man dahinter eine Küche erkennen, in der sich Schatten bewegten.

Der Lastwagen hatte kaum angehalten, als schon ein Mann aus der Küche trat, der offensichtlich den Motor und das Knirschen der Bremsen gehört hatte. »Wieviel Liter?« fragte er, ohne den Lastwagen anzusehen. Gleich darauf erkannte er ihn, sah zu Lecoin auf und fragte: »Was machst du hier? Ich dachte...«

»Gib mir fünfzig Liter!«

Maigret blieb in seiner Ecke, so daß der Tankstellenbesitzer ihn nicht sehen konnte. Wenn er glaubte, mit seinem Kollegen allein zu sein, würde er vielleicht reden, aber Lecoin, der die Gefahr spürte, beeilte sich zu sagen: »Nun, Herr Kommissar, ist das alles, was Sie wollten?«

»Ach, du bist nicht allein?«

»Jemand von der Polizei, der eine Rekonstruktion macht, wie er sagt. Ich verstehe nicht das geringste davon. Immer hackt man auf den Kleinen herum, und dabei...«

Maigret war aus dem Lastwagen gesprungen und zum großen Erstaunen des Fahrradhändlers in den Laden gegangen. Er hatte nämlich dahinter dessen Frau erblickt.

»Lecoin fragt, wie es aussieht«, sagte er auf gut Glück zu ihr.

Sie sah ihn mißtrauisch an, bückte sich, um aus dem Fenster zu sehen, und fragte: »Ist Lecoin da?«

»Er tankt gerade.«

Sie wandte sich zur Tür, beunruhigt, weil sie nicht verstand, was der Mann im steifen Hut hier drin bei ihr wollte.

Man konnte nicht gut sehen, was draußen vorging. Nur mit Mühe konnte sie die Gesichtszüge unterscheiden.

»Sag mal, Paul...«

Das war ihr Mann, der mit dem Benzinschlauch hantierte.

»Ist Lecoin da?«

Maigret stopfte ruhig seine Pfeife zu Ende und zündete sie im Schutze des Ladens an, wobei die Flamme einen Augenblick lang die vernickelten Lenkstangen der Fahrräder aufblitzen ließ.

»Kommst du, Paul?«

Da hörte der Kommissar deutlich, wie einer der beiden Männer den anderen fragte: »Was sollen wir tun?«

Er griff für alle Fälle nach seinem Revolver, den er schußbereit in der Tasche hielt. Falls es nötig war, würde er durch den Stoff schießen. Die Straße war dunkel und menschenleer. Und Lecoin war stark genug, um seinen Gegner mit einem einzigen Faustschlag zu Boden zu strecken.

»Was würdest du denn tun?«

Die Frau stand immer noch auf der Schwelle, die Schultern fröstelnd zusammengezogen. Joseph Lecoin, der schwerfällig von seinem Sitz herunterstieg, blieb unentschlossen auf dem Gehsteig stehen.

»Wollen wir uns nicht drinnen aussprechen?« schlug Maigret bedächtig vor.

Der Tankstellenbesitzer hängte den Benzinschlauch ein. Lecoin, der noch nicht allzu entschlossen war, schraubte den Tankdeckel wieder zu. Als er sich der Ladentür näherte, brummte er: »Schließlich war das nicht so abgemacht. Nach Ihnen, Herr Kommissar...«

4

Es war die typische Küche des kleinen Handwerkers: mit dem geschnitzten Eichenholzbüffet, einem karierten Wachstuch auf dem Tisch und scheußlichen rosa und lila Vasen, die man auf dem Jahrmarkt gewonnen hatte.

»Setzen Sie sich«, murmelte die Frau und wischte mechanisch den Tisch ab, vor dem Maigret saß.

Benoît holte eine Flasche aus dem Büffet, dazu vier kleine Gläser, die er wortlos füllte, während sich Lecoin rittlings auf einen Stuhl fallen ließ und die Ellbogen auf die Stuhllehne stützte.

»Haben Sie etwas geahnt?« fragte er, Maigret fest anblickend.

»Aus zwei Gründen: erstens, weil man nur Schreie von einem Mann gehört hat, was ziemlich merkwürdig ist, wenn man bedenkt, daß noch ein junges Mädchen zugegen war, das, wäre es in den Fluß gefallen, gut genug schwimmen konnte, um sich eine Zeitlang über

Wasser zu halten und um Hilfe zu rufen. Zweitens geht man nach einem solchen Unfall nicht zwanzig Kilometer zu Fuß, um die Gendarmerie zu verständigen, wenn es ganz in der Nähe ein Telefon gibt. Die Fenster der Auberge waren erleuchtet. Es war unmöglich, nicht daran zu denken, daß...«

»Das stimmt«, gab Lecoin zu. »Er war es, der wollte, daß...«

»Er war also in den Lastwagen gestiegen?«

Es gab kein Zurück mehr. Im übrigen hatten sich die beiden Männer mit der Lage der Dinge abgefunden. Was die Frau betraf, so schien sie erleichtert zu sein. Sie war es auch, die den beiden den Rat gab:

»Es ist besser, wenn ihr alles erzählt. Wegen zwei lumpiger Tausendfranc-Scheine brauchen wir wirklich nicht...«

»Joseph wird es erzählen«, unterbrach sie ihr Mann.

Lecoin leerte sein Glas und sagte: »Nehmen wir an, es sei alles genauso gewesen wie heute abend. Sie haben recht gehabt. Wenn es auch regnete und meine Scheibenwischer schlecht funktionierten, so sind meine Augen und meine Bremsen doch so gut, daß ich nicht in ein stehendes Auto hineinfahre. Ich bin eineinhalb Meter von ihm entfernt stehengeblieben. Ich habe gedacht, es sei eine Panne, und bin aus dem Wagen gestiegen, um den Leuten behilflich zu sein. Da habe ich einen aufgeregten jungen Mann gesehen, der mich gefragt hat, ob ich zweitausend Franc verdienen will.«

»Indem du ihm halfst, das Auto ins Wasser zu stoßen?« unterbrach ihn Maigret.

»Er hätte es zur Not auch allein hineinstoßen können. Das hat er auch versucht, als ich gekommen bin. Er wollte aber vor allem irgendwohin gebracht werden, ohne daß es jemand erfuhr. Ich glaube, wenn er allein gewesen wäre, ich wäre nicht darauf eingegangen. Aber da war die Kleine...«

»Lebte sie noch?«

»Natürlich! Um mich zu überzeugen, hat er mir erklärt, man wolle nicht, daß sie sich miteinander verheiraten. Er sagte, daß sie sich liebten, daß sie einen Selbstmord vortäuschen wollten, damit man nicht versuchen würde, sie zu finden und sie auseinanderzureißen. Ich habe diese Art Manöver nicht sehr gern, aber wenn Sie die Kleine im Regen gesehen hätten... Kurz, ich habe mitgeholfen, das Auto in den Loing zu stoßen. Die jungen Leute haben sich in meinem Lastwagen versteckt. Damit es echter aussieht, mußte ich um Hilfe rufen, und das habe ich auch getan. So würde man sie beide für tot halten. Danach brauchte ich sie nur noch nach Montargis zu fahren.

Auf dem Weg dorthin habe ich übrigens festgestellt, daß der junge Mann nicht auf den Kopf gefallen war. Er wußte, daß er nicht im Hotel absteigen konnte. Den Zug nehmen wollte er auch nicht. Er hat mich gefragt, ob ich nicht jemand wüßte, der sie für weitere zweitausend Franc ein paar Tage lang aufnähme, so lange, bis die Untersuchung beendet sei. Da habe ich an Benoît gedacht...«

Die Frau bestätigte: »Wir dachten auch, sie seien ein Liebespaar. Und da unser Schwager hier ein Zimmer hat, und da er gerade beim Militär ist...«

»Sind sie immer noch hier?«

»Sie nicht...«

»Wie?«

Maigret blickte beunruhigt um sich.

»Kurz nach zwölf«, begann der Tankstellenbesitzer, »nachdem ich die Zeitung gelesen hatte, bin ich hinaufgegangen und habe gefragt, ob die Geschichte mit der Leiche stimmt. Das junge Mädchen hat mir die Zeitung aus der Hand gerissen, hat sie überflogen, und da die Tür offenstand, hat sie die Gelegenheit benutzt und ist aus dem Zimmer gelaufen.«

»Ist sie ohne Mantel weggelaufen?«

»Ohne Mantel und ohne Hut.«

»Und der junge Mann?«

»Er hat mir geschworen, daß er das alles nicht verstehe, daß er das Auto vor kurzem erst gekauft habe und gar nicht auf die Idee gekommen sei, den Kofferraum zu öffnen.«

»Hat Ihr Haus noch einen anderen Ausgang?«

In dem Augenblick, als der Fahrradhändler die Frage verneinte, hörte man Lärm auf der Straße. Maigret lief auf den Gehsteig hinaus und sah dort eine Gestalt ausgestreckt liegen, einen jungen Mann, der sich am Boden wand und vergeblich zu fliehen versuchte, obwohl er sich bei seinem Sprung aus dem ersten Stock das Bein gebrochen hatte. Es war dramatisch und kläglich zugleich, weil Vertbois vor Zorn halbverrückt war und seine Niederlage noch nicht zugeben wollte. »Wenn Sie näherkommen, schieße ich...«

Maigret zog es vor, sich auf ihn zu werfen, und der andere drückte nicht ab, sei es, daß er Angst hatte, sei es, daß er nicht kaltblütig genug war.

»Ruhig jetzt...«

Der junge Mann beschuldigte den Fahrer, den Tankstellenbesitzer und dessen Frau, ihn verraten zu haben.

Er war der typische Fall des schwarzen Schafes, wie ihn Maigret leider schon in Dutzenden von Beispielen hatte studieren können: heimtückisch und mißgünstig, so genußsüchtig und geldgierig, daß er vor nichts zurückschreckte.

»Wo ist Viviane?« fragte ihn Maigret, als er ihm die Handschellen anlegte.

»Ich weiß es nicht.«

»Es war dir also gelungen, sie davon zu überzeugen, daß du das Auto nur ins Wasser stoßen wolltest, um den Selbstmord zweier Verliebter vorzutäuschen?«

»Sie folgte mir auf Schritt und Tritt.«

»Und das ist ärgerlich, nicht wahr? Wenn man eine Leiche auf dem Hals hat, die man nicht los wird!«

Ein Raubmord, wie er dümmer und scheußlicher nicht sein konnte und der sich nie bezahlt macht.

Als Jean Vertbois sah, daß seine Heiratspläne fehlgeschlagen waren und das Geld der Familie La Pommeraye ihm entging, auch wenn er mit Viviane flüchtete, ließ er seine nicht mehr ganz junge Geliebte, die er schon lange kannte, dafür büßen, lockte sie in seine Wohnung, tötete sie, stahl ihr ihr Geld, kaufte mit einem Teil dieses Geldes ein Auto, das nicht viel kostete, und beschloß, die Leiche an einem entlegenen Ort loszuwerden.

Da aber tauchte Viviane auf, mit ihrer jungen Liebe und ihrer Leidenschaft. Viviane, die fest entschlossen war, nicht mehr nach Hause zurückzukehren und das Schicksal ihres Geliebten zu teilen.

Sie ließ ihn keinen Augenblick mehr allein. Die Stunden vergingen, das Auto rollte dahin und immer noch lag die Leiche darin.

Viviane glaubte, echte Flitterwochen zu verleben, und steckte mitten in einem scheußlichen Drama. Sie umarmte den Mann, den sie liebte, und dieser dachte nur an das makabre Paket, das er um jeden Preis loswerden mußte!

In seiner Verzweiflung erfand er den vorgetäuschten Selbstmord, der sich durch die zufällige Ankunft eines Lastwagens zugleich vereinfachte und komplizierte...

»Die versprochenen Informationen, Herr Kommissar?«

Die Journalisten hatten in der ›Cloche‹ eine Mahlzeit eingenommen, die ein wahres Bankett gewesen war, und dementsprechend gut war ihre Stimmung.

»Der Mörder von Marthe Dorval ist im Krankenhaus.«

»Marthe Dorval?«

»Eine ehemalige Operettensängerin, die Geld gespart hatte und Jean Vertbois' Geliebte war.«

»Ist er im Krankenhaus?«

»Im Krankenhaus von Montargis, mit einem gebrochenen Bein. Ich gebe Ihnen die Erlaubnis, ihn zu fotografieren und ihm alle Fragen zu stellen, die Sie ihm stellen wollen.«

»Aber das junge Mädchen?«

Maigret senkte den Kopf. Er wußte nichts von ihr, und man mußte eine Verzweiflungstat befürchten.

Es war Mitternacht vorüber, und der Kommissar war zu Hauptmann Pillement nach Nemours gefahren. Er besprach mit ihm die Ereignisse des Tages, als das Telefon läutete.

Der Hauptmann zeigte sich am Apparat freudig überrascht und stellte einige Fragen. »Sind Sie sicher, daß die Adresse stimmt? Hören Sie zu: Bringen Sie vorsichtshalber den Fahrer mit hierher. Auch wenn er betrunken ist...«

Dann erklärte er Maigret: »Meine Leute haben soeben einen Chauffeur aus Montargis aufgespürt, der im Laufe des Tages ein junges Mädchen ohne Mantel und Hut als Fahrgast hatte. Sie hat sich aufs Land fahren lassen, in die Nähe von Bourges, wo sie in ein einsam gelegenes Landhaus gegangen ist. Da sich der Fahrer unterwegs Sorgen um sein Geld machte – offenbar hatte seine Kundin nicht einmal eine Handtasche bei sich –, hat sie ihm mehrmals erklärt: ›Meine Tante wird Sie bezahlen.‹ «

Tatsächlich hatte sich Viviane La Pommeraye, völlig erschöpft und keuchend, zu einer ihrer Tanten geflüchtet, bei der sie seit ihrer Kindheit die Ferien zu verbringen pflegte.

La Rochelle, Juli 1938

Georges Simenon im Diogenes Verlag

»Er schrieb 193 Romane und 51 Erzählungen unter seinem Namen und über 200 Romane unter 18 verschiedenen Pseudonymen, sein Werk wurde weltweit mehr als eine halbe Milliarde mal verkauft und in 200 Sprachen übersetzt. Damit ist er, nach Jules Verne und Shakespeare, der erfolgreichste Schriftsteller aller Zeiten. Die meisten seiner Bücher schrieb er in weniger als zwei Wochen, und in den 42 Jahren seines Schriftstellerlebens, von dem er sich 1972 zurückzog, schrieb er jährlich durchschnittlich 4 bis 5 Bücher. 56 Kinofilme wurden bisher nach seinen Romanen und Erzählungen gedreht (zu denen u.a. Patricia Highsmith, Jean Anouilh und Marcel Aymé die Drehbücher schrieben) und über 280 Fernsehfilme.«
Patrick Marnham

»Simenon ist der meistgelesene, meistübersetzte, meistverfilmte, mit einem Wort, der erfolgreichste Schriftsteller des Jahrhunderts.«
Hanjo Kesting/Die Zeit, Hamburg

»Da lesen ihn Hausfrauen und die experimentellen Lyriker; es lesen ihn die Stenotypistinnen und die Mythenforscher, die Automechaniker und die Atomphysiker... ja, ich kenne Texteverfasser von höchster Esoterik, die, wenn sie einmal ein Buch lesen wollen, ein richtiges Buch, Simenon lesen und nichts als Simenon, jede Zeile von ihm...« *Alfred Andersch*

»Ich lese jeden neuen Roman von Simenon.«
Walter Benjamin

»Bekannter unbekannter Simenon – der Literat mit Auflagenweltrekord ist eine irritierende Erscheinung unter den Schriftstellern des 20. Jahrhunderts. Millionen Leser rund um den Erdball kennen seinen

wortkargen, rotweintrinkenden Kommissar Maigret. Nachzuholen haben deutsche Leser das Erlebnis und den subtilen Genuß der rund 130 sogenannten ›Non-Maigret-Romane‹, die zu den Meisterleistungen der zeitgenössischen Weltliteratur zählen. Diogenes betreut seit 1977 das Gesamtwerk Simenons in makellosen Übersetzungen. Was soll man von Simenon lesen? Die Antwort lautet: alles!«
taschenbuch magazin

»Erzähltalent ist das seltenste aller Talente im 20. Jahrhundert. Was wir sonst an Romanen und Erzählungen vorgesetzt bekommen, zeugt von allem, nur nicht von gottgegebener Begabung. Simenon hat diese Begabung, bis in die Fingerspitzen. Alle können wir von ihm lernen.« *Thornton Wilder*

»Simenon macht süchtig. Wie jede Sucht – und wie jeder Genuß – muß die ›Simenonitis‹ erst gelernt werden. Man braucht mindestens ein halbes Dutzend Simenon-Romane, bis man ihren Reiz verspürt, bis man unter Entzugserscheinungen leidet, wenn der Nachschub aussetzt. Simenon ist ein Rauschmittel, das ist eine der Ursachen seines Welterfolgs.«
Georg Hensel/Frankfurter Allgemeine Zeitung

Im Diogenes Verlag sind 218 Simenon-Titel erschienen.